# 國　安

佐山則夫

之　潮

一足お先に
ペパーランドへ旅立った
阿部一治君へ

集団即狂

# カリフォルニアオレンジ

今世紀に入るや　ボールは大リーグにならいカリフォルニアオレンジに統一された
バットとボールが　かすったりこすれたりする毎に　球場内に柑橘系のえぐい香り
が充満したのはいうまでもない

同時にバットに関する基準は緩められた
その中心はあくまで折れにくい大根だが　人参・山芋・午蒡等も可となった
匁も寸法も個人の体力に合わせる　もはや木や金属一辺倒の時代でなかろうという
ことだ

ピッチャーもバッターも表向き安全第一　フェイスガードが義務付けられた
首への負担は間違いなく増えるが　選手会もしぶしぶ承諾
オーナー会議では　観客へもこの際考えてはどうかという提案が真剣に検討された
が　次回持ち越しとなった

オレンジなら　バッターの側頭部に当てようが脛に当たろうが　ずっと安心だ
それで選手生命を即座に奪われるような大事には至るまい
ルール上死球も危険球退場も残されてはいるが　いずれ野球用語から放逐されるで
あろう

リトルリーグでは　午蒡が採用された
子供達の体力を考慮した結果
ただ　オレンジアレルギーのある少年達には　端から硬式への道が閉ざされた
それもあってか　球場へ足を運ぶ少年達もわずかだが減った

未来の大リーガーのためにも
完璧に臭いを遮断できる鼻栓の開発が急務であろう

和歌山や愛媛をはじめとする日本のみかん農家には　分不相応の補償金が支払われ
たらしいが　箝口令が幾重にもしかれているのだろう　戸々の農家へインタヴュー
を申し込んでも　「話すことは何もねえだ」とつれなくダンマリ　口元はニンマリ

道理で　政府とみかん農家との団体交渉が　あれだけの幟が林立していた割には
あっさり打ち切られるわけだ

これに刺激を受けてか
FIFAも原点へ立ち返り
生首を蹴り合うという
より生々しいボールの使用を
検討することになったとか

# 診　断

（洋装の女が二本の足がにょっきり突き出た紙袋を抱え込み　あわてふためき駆けこんでくる）
この子助かりますでしょうか
（紙袋から足首をつかみ引っ張り出す）
頻脈だが心音は聞こえる
だからといって軽々速断はできん
（今夜の当直は麻酔医だ）
かろうじて心臓だけが生きとるのかも知れん

何よりひどい涎だ
拭くそばから湧いてくる
くちびるにチアノーゼ症状
鼻の頭も塩を吹いている

涎はいつものことです
汗の出が悪いのは汗腺が詰まったためでしょう
ただ　いつもよりぐったりしておるものですから

筋肉の反応が鈍い
吐く息は浅く吸う息は荒い
瀕死の状態とはいえよう
けどまだ眼(まなこ)に微量ながら光らしきものが点在しており
にわかに診断がつけにくい
あえて申すなら石川達三でしょうか

〝望みなきに非ず〟
私に任せてもらえませんかな
ひまし油を飲ませ
一晩ホルマリンに漬け様子を見てみましょう
そうして明朝にでも全身麻酔で解剖してみりゃ
拍子抜けするほど明々白々でしょう
石川達三ですからな
（紙袋を四つ折りしながら）
よろしくお計らい下さいませ
名は民代と申します
結果は速やかにお知らせしましょう
まんじりともせずお待ち下さい
第一回芥川賞受賞者の石川達三ですからな

# 捜していますを書かせるパスタ

捜しています詩を書かせるパスタ
見つけ次第黙って袋の封を切る
寸胴鍋にたっぷりの湯を沸かし
黙って固めに茹でる
黙って笊にあけ
黙って水気を切って
黙って中空の皿に盛り
黙って無塩バターの小さな魂を落とす

黙って口に運ぶ
利き手が勝手に動き
知らない文字を　時につっかえ
ほぼすんなり紡いでゆく
発音にはまるで自信をもてぬが
スペルは過不足なく合っている
そんなパスタを捜しています

捜しています詩を書かせるパスタ
金に糸目はつけぬと豪語したいところですが
そこはそれ
物々交換とゆきましょう
どうでしょう私の生原稿とで
未知なるものへの意欲あふるる投資と
飽くなき渇望

山形そばや讃岐うどん
札幌ラーメンから白石温麺と
試してはみましたが
全くの徒労に終わりました
デューラムセモリナ一〇〇%のパスタでなけりゃ
どうにも具合が悪いようです
書く手がまどろっこしいほど
音速であふれる母語との格闘に
何ためらうか
そんなパスタを捜しています

捜しています詩を書かせるパスタ
何とも怪しげな横丁の路地裏なんぞに
ひっそりたたずむ
標札の逆立ちしたたしもた家

瀬戸物の眠り猫が睨みをきかす
茶箪笥の引き戸の奥にしまったまま
賞味期限切れ間近のパスタ
出番です
もぐりの探偵さん
鰹節で臭いを消して忍び込み
猫の目盗んで掠め取ったら
報酬はずみます
結果次第ですが
ボルサリーノがかぶれるかも
そんなパスタを捜しています

捜しています詩を書かせるパスタ
我と思わん者は伏目がちに両手を上げよ
全方向へ全孔おっ開げ

暗夜の暗渠をへっぴり腰で
うねうね進む覚悟ありとせば
嗅いで書かせるパスタの心脈掘り当てることもあろう

# ハイシーシー　ハイDōDō

柱があった
規格外の太柱であった
神から人が羽搏くこともあったし
人から神が生まれることもあったが
柱の前では神も人も忠実な下僕であった
神の威光も
人の尊厳もへったくれもなかった
ただひたすら太い柱があった

ハイシーシー　ハイDōDō
ハイシーDōDō　ハイDōDō
スメラノミコト元い
スメバミヤコ様のお通りお通り
何用？
ヤボ用でさあ

高い高いよお馬の上は
へっぴり腰で跨がる君は
こらえきれずにずりずる落ちる
回り回ってお目目が回る
お馬の練習さぼった報い
回り回ってお目目もぽろり
スッテンコロコロリン

ハイシーハイシー　ハイDōDō
ハイDōハイDō　威風DōDō

高い高いよお馬の上は
雲上人よりちと高く
高天ヶ原よりもと高い
高い高いよはるかに高い
いくら何でもそれは言い過ぎ
いくら何でもそれはあんまり
いくら何でもそれはちぐはぐ
うんにゃちーとも
なんならメジャーで計測するよろし
うーんにゃちっとも
大言壮語さにあらず
ひねもすとろい

ノロイの木馬がアリンコに見える
ハイシーDōDō　ハイDōDō
ハイシー堂々　ハイDODODō

高い高いよお馬の上は
進め進めぬ進まぬ進め
錦の御旗振る振る振れどしかれども
お馬イヤイヤ
人参ごときに靡いてなるものか
お馬イヤイヤ
鞭を振るえど
お馬イヤイヤ
馬は乗るより担いだ方が気は楽ちんだ
馬は嘶く人は戦く
口喇叭で進軍開始

一歩前進二歩後退
着実に進め進めぬ進まぬ進め
ハイハイDōDō　ハイDōDō
ハイハイハハハイ　ハイDoDoDō

# バランス

（フライト後しばらくしての機内アナウンス）

機内ＤＪ見習いのＪ・Ｄです。本機は順調に飛行しておりますが、これより乱気流の真っ只中へ、このまま突貫いたします。が、御安心下さい。幸いにも、本機のパイロットは業界最高齢のベテラン機長であり、あらゆる状況に冷静・迅速・沈着・無謬に対処いたします。戦わずして迂回するは癪であります

（数分後の機内アナウンス）
機内ＤＪ見習いのＪ・Ｄです。覚えていただけましたか?
只今、前車輪落下という予測不能の事態が生じました。右翼第一エンジンを速やか

に切り離せば、当面バランスは維持できますが、目的地までの飛行に支障をきたす
おそれがあります。思い切り良く燃料の１／３を捨ててしまえば、水平飛行は保て
そうですが、これも距離を勘案しますと、微妙なものです
はなはだ申し上げ難いのですが、本機のバランスつまりは絶対的安全確保のため、
どなた様か勇を鼓舞し犠牲、失礼いたしました機外への能動的脱出を希望される、
奇特なお客様はおられませんでしょうか?
勿論、安全・安心のため特大パラシュートを準備させていただきます
無事洋上へ着水の暁には、運が悪けりゃ幽霊船に救助されるでしょう
運がなければ、奴隷船にめざとく発見されましょう

（更に数分後の機内アナウンス）
機内ＤＪ見習いＪ・Ｄです
吉報がもたらされそうです
機長と副機長が、３回連続勝ち抜きじゃんけん拳によって雌雄を決し、敗れた機長が潔
く本機を離脱されました。見事な責任の取り方といえばいいえましょうか

なお、機長よりのメッセージを読み上げます
〝しばし本機を離れるも、着水後直ちに犬掻きをもって全速力で追い上げ、追い着くことでありましょう。私は嘘は申しません〟
副機長は、今フライトが副機長としての最初の勤務でありますが、御心配に及びません。机上訓練三〇〇〇時間のベテランパイロットです
(更に更に一分後の機内アナウンス。声に切迫感が弱い)
機内ＤＪ見習いのＪ・Ｄです
極度の緊張のせいでありましょうが、キャプテン腕章を引き継いだ副機長が固まってしまいました。机上では大ベテランの彼も人の子。にっちもさっちもどうすることもI can't です
最悪の事態に備え、遺書・辞世の句・走り書きのメモの類の準備・絶叫録音等抜かりなく怠りませんよう御願い上げ奉ります
(更に更に更に十数秒後)
本機はゆったりと、しかし確実に分裂状態へと入ってまいります
めいめいの運命呪って祈りましょう

祈りの言葉はこんちきしょう
万に一つも助かりますまいが、
語尾をピンと撥ね上げ祈りましょう
こんこんちきしょう
信仰篤き方も薄き方も死なば諸友祈りましょう
こんこんちきちきこん畜生

幸か不幸か
不幸か降下
降下不降下
不降下幸か
幸か不降下
　不幸か幸か
　　降下不幸か
　　　不降下幸か

降下不幸　か

か

か

か

か

か

# 変わった家に暮らしています

変わった家に暮らしています
三階へは内階段を利用し、容易に駈け上がれますが、二階へは、外壁に立てかけた
不安定なはしごを昇るのが、唯一の方法です
なのに、はしごは白昼盗難にあったままです
最寄り交番へは電話を掛けたのですが、所番地を告げると切られてしまい、その後
何度掛け直してもお話中、もしくはメッセージどうぞという留守電ばかり、本日に
至っております

変わった祖父と暮らしています
夜間徘徊は想定内ですが
やっかいなのは白昼徘徊です
四六時中念仏らしきものを唱えながらの
唱えているのは祖母の名です
さわらぬ祖父に祟りなしです

変わった祖母と暮らしています
狭い所が大好き
今は台所の流しの下に着た切り雀のもんぺ姿でうずくまっています
そのくせ太極拳仲間には
自分は捕らわれの王女で、自由の身となった暁には下女として召し抱えようと　吹
聴しまくっています

変わった犬と暮らしています

内気な性格災いしてか無口そのもの
散歩に出るのも吠えるのも億劫そう
四肢踏んばって犬舎から出ようとしません
当節は
野性馬でさえ流ちょうに喋るというのに

変わった猫と暮らしています
モルモットより小さな手乗り猫です
しょっちゅう踏まれては泡を吹いています

変わった母と暮らしています
とてもそそっかしいので
いつも全身血だらけ生傷が絶えませんが
本人は頗る元気です

変わった父と暮らしています
寝ている時は眼を開け
起きている時は眼を閉じ
それでバランスとっています
暇を見つけては乱数表とにらめっこ
母のスカート借用し異和感ありません

変わった長兄と暮らしています（ちょっと微妙）
しっかり者で高い所が大好き
眠る時だけ雲の上　ふかふか布団と
これでぐっすりほかほか枕
恐くはないの？
もう慣れた
そっちこそ上がってこいよ
凪との会話も弾むし

体をひねって隕石をよけるのがうまくなったよ

変わった次兄と暮らしています（もっと微妙）
独立自尊モットーに
自ら描いた南画の中で生活しています
時に手招きされるけど糞切りがつきません
仲がどうこういうより、もどれる保証
今はまだノーサンキュー

変わった自分と暮らしています
言われる前にそういうことにしておきます
同居人達の動静細かくチェック
観察記録を絵入りノートへまとめています
ポケットにメダカを飼っているのは
深更

漆喰壁と相談し即断即決
いざという時自分を導いてくれるはずです

# 集団即狂

ちんは狂うたぞ
チンも狂え
ちんのチンチンも狂え
心安らかに徹頭徹尾狂え
苔のむすまで共々狂おうぞ
ちんはすんなり狂えたぞ
遠慮無用狂うて我に帰れ
理路整然　一路邁進　粛々発狂

チョチョイのチョイで集団即狂

ちんは狂うたぞ
千代に八千代に陽気に狂うたぞ
チンも狂え

虚心坦懐そつなく狂え
主文のごとく自己責任で狂え
炉心まで灰となりても狂いたや

ちんは狂うたぞ
嘘偽りなく狂うたぞ
現に神も人も愉快に狂うたぞ
万歳万歳万々歳子々孫々無心に狂え
石の巖となりて狂え
誠心誠意根こそぎ狂え

ちんは狂うたぞ
静かにちんは狂えたぞ

# 愚息

兄様には尻売りとして大層羽振りの良い時代もありました
引っ越み思案の私などは　地道に西瓜を売って暮らすのが似合っております
借家の庭の裏でひそかにこっそり　少量の湧水と手かざしで育てた種無し西瓜でございます
そのせいか　なり（形態）は小さい小さいがゆえに皮ごと甘い（冷やすほどに甘みが倍増）林檎感覚で丸ごとかぶりつくことのできる西瓜でございます
兄様の尻に劣らぬ自負と自慢の西瓜でございます
立て板に水の話の面白さに引き込まれ　その真偽のほどはともかく　意志に関係な

く口が動いた
まとめて買おう
待ってましたとばかり
それでは　特に特にできのよいものを選びましょう
これとこれとこれとあれ
そしてそれはおまけに
ほとんどさばけましたぞ　ありがたや
ささっ　一刻も早う冷やされたがよい

言われるまま流しに水を張り
西瓜かかえて何往復かした
急ぎもどると西瓜売りは姿を消していた
気配の足跡さえ残さず

我に返り思い出したぞようやっと

顔はそのまま声は変われど
数ヶ月前には天涯孤独の研ぎ師と申しておったはずだが
次は何の誰兵衛に化けるつもりだ
愉快に騙されてやろうじゃないか

小太鼓もラッパもシンバルもすべて
西瓜の鼓笛隊の甘美にして滑稽かつ霊妙なる調べが遠去かってゆく
返答なきは合点承知
返答なきは合点承知之介

その晩は西瓜喰いにふさわしい
ねっとり汗の熱帯夜
西瓜屋のふれこみ信じ一つ二つと喰いすすむうち
途中何か歯に当たった
ろくに確かめもせず庭へ吹き飛ばした

梅干しの種なら噛み砕き飲み込んでいたろう
愚息よ感謝しろ
とっさの機転

忘れた頃に思い出しては
申し訳程度の水を如雨露で妻が撒き
負けじと私も長々と甘ったるい尿をかけたまさかそうして西瓜の種が
長じて愚息となろうとは
詰まるところお前はね
人一倍助平な父さんと尻軽な母さん
の間に生まれた文字通りの一粒種
無性生殖万歳！

南瓜や桜桃ではこううまくは行くまい
他の西瓜であっても同様だ

愚息は毎晩自ら庭で育てた小振りの西瓜を抱いて寝るようになった
弟か妹のように慈しんで
出自は争えんものだと得心
けれど
親とはまこと因果なもので
頭からかぶりつきたい衝動押さえ難い
糖度はかなり高かろう
丹精こめし妻と私の大傑作
うれしい悲鳴というやつだ
これは誇っていいだろう
あくまで突然変異なのだが
外見(なり)は過不足なきまんま人だ
かくいう私もそうだが
喰うまでもない

齧ってみれば人でも
西瓜でもなきことわかるはずだ

ただ
忠告しておくが母さんには
深入りするな
軽いノリでへたに正体暴こうものなら
真の恐怖に打ちのめされ
たちどころ
ただの種無し西瓜にもどっちまうだろうから

# おとなりの前田さんのおばあちゃん

おとなりの前田さんのおばあちゃんが亡くなった
最近もっぱら四つん這いとなって歩いていたので　そろそろと感じてはいたが
会えばぼくも地べたに坐り込み挨拶を交わした
それが今朝　ラジオ体操第一が流されても起きて来ないので離れへ行ってみると
冷たくなっていたそうだ

ゴミ置き場でバッタリ会った前田さんの奥様の方から話しかけてきて　わかったこ
とだ

そこで夫婦揃ってヤボ用に忙がしいという前田さんの代理で　私が区役所市民課へ届け出
そうして　私の交渉力が功を奏してか　本来禁止されている自宅庭への埋葬許可証を手にすることができた
公表をはばかられそうな小さなスキャンダルを持ち出し　大きな譲歩を勝ちとったのだ
おとなりの前田さんのおばあちゃんが適用第一号だ
たとい血のつながりは薄かろうと　肉親と離れ離れとなりたくないってのが　人間というものだろう

私の報告を　玄関先で愛用の長靴に磨きをかけながら神妙に聞いていたおとなりの前田さんは　やっどうもどうもと言いつつ奥へ引っ込むと　面倒な手続き代行していただいた取り敢えずの気持ちです　お礼はのちほどと
SBゴールデンカレー（甘口）を二箱差し出した
私もいえいえお安い御用ですと答えると　家で待つことにした

もうじき　おとなりの前田さんが腕によりをかけた肉も　届くだろう

# おとなりの前田さんのおじいちゃん

7×7日も過ぎようとした日　ゴミ置き場で前田さんの奥様と示し合わせたみたい
にバッタリ会った
聞くも聞かぬも一方的に話しかけてきた
寡黙の人が今や冗舌の人だ

おばあちゃんの枕元でおじいちゃんはしばらくじっとしてたのよ
それが突如おばあちゃんの胸をムリヤリはだけ　拳で叩きはじめたの力一杯　入れ
歯はずして放り投げると号泣ならぬ号笑

叩いて笑って笑って叩く
力一杯とはいってもおじいちゃんあのとおり非力なので　ドシドシ殴ったつもりでも響くペタペタ　年の割りに　スベスベしたおばあちゃんの胸は一向変化なし　おじいちゃんの体力がもたない　心臓が裏返りしそうな荒い息それも不規則　顔中しわくちゃにしての号笑は　おじいちゃん一流の慈しみなのかしら
どう思われます？

うちのおじいちゃん飽きっぽいというか　はまりやすいのよね
庭で毎朝健康のため寒風摩擦に始まって　次にラジオ体操第二それから太極拳と変わったの
それがね　おばあちゃんが亡くなったとたんかっぽれを始めたのよ　双肌脱いで
何事もなかったかのように
それともこれ幸いとかしら
それが高じて朝だけじゃなく日中も踊り始めたの
よりによって滑りやすい屋根の上

いつのまにやらどうやって
誰かが背中を強く押したの
それとも誰かの背におんぶして
我が家にはしごはございませんのよ
むきになってのめり込みやすいおじいちゃん
それが忽然姿を消したの
自室に自筆の置手紙
たどたどしい毛筆で
書き殴りもいいとこ
読みにくいったらありゃしない

〝捜したってムダだよーん
わしはもっともっと修業して
くそ神様をめざすのじゃ
ひかえおろう〜〟

ですって
びっくりびっくりびっくりもびっくり

主人は大袈裟にしたくないからと
市民の義務違反承知で警察へ届けずに
会社をお休みして
早めの夏季休暇と称しながらもその格好といえば
普段通りのスーツにネクタイデイバッグ　小回りが利くかどうかは二の次
自分のペース乱されたくないのでしょうね
それで捜して確保　捕獲
ううん捜して連れ戻せなかったら
潜りの私立探偵雇うのですって
報酬はウインターキャラメル一ダースを考えているって
真顔で言うのよ
親が親なら子も子

いっそ自分が蒸発しちゃってほしいわ
どう思われます?

どうって話ができすぎてやしないか
おじいちゃんはデイパッグに幽閉されているに違いない
今さら肉を惜しみ
こっちの腹に探りを入れてるんじゃなかろうか

ならばいっそのこと勝手知ったる塀を乗り越え
肉切りに参上するまでよ

# 豚足と鶏頭

　生みの親より育ての亀と申します
逃げ足だけは滅法早い豚足野郎だと揶揄されながら　何血迷うたか今でも赤面禁じえぬ社会の木鐸たらんと本気で決心しかけたこともありました。けど概ね蚊も鱶もない他愛なき人生を漠然と送る羽目になってしまいました
これといった大患に恵まれることも　精神を病み狂気乱舞することもない平々凡々たる繰り返しの人生

人殺しをするため生まれたのでも

人に殺されるため生まれたのでもありますまい
ただ死ぬために生まれた
宝くじより低い確率で
目出たくはない
目出たくはないがあわてなさんな
順番遵守命惜しめよ
無雑作に
自身と他人のチューブまとめてひっこ抜き
巻き添えにする勿れ
ひたすら命を惜しめ
入道雲に躓くことのありても

ことここに至りても
気の利いた辞世の句一つ吐き残せそうにありません
浮かぶのは

辞世の句さてその次が浮かばねえ
こんな駄々句にもならぬしろものばかり

　海の親より育ての神とも申します
小狡くて身持ちの悪い鶏頭嬢ちゃんだと罵られました
強ち(あなが)的はずれとも言えませんけど
ただただ詩利詩欲にまみれたぼおっとした日々を　倦まず弛まず歩んできただけなのです

やっとこさ肉体の自立と精神の解放をえられそうなのですよ
近所の犬が側溝でもお～とのたまおうと　聞いて見ぬふり
生前同様死後も2／3以上4／5未満を厠で過ごす変わらぬ惰性の営みってものを
身体望遠鏡の倍率上げて
具(つぶさ)に観察しながら

今日できることは明日に延ばす

そうそう忘れぬうち
出来栄えともかく歌らしきもののストック一つ
自らのデスマスク描く日のためにクレヨン舐めて勤しむデッサン
締切りとは無縁の
辞世の句とやらは後日送信しましょう

今日できることは明日に延ばす
明日できることは終末に延ばす
ぼおっとした余生を送り続けるつもりです
動脈のアルバムにやけて眺めつつ

# しゅんのしゅん

しゅんしゅんしゅしゅんしゅんしゅしゅん
いっしゅんしゃかしゃかしゃししゃしん
ぱしゃぱしゃはしゃばしゃししゃしゃしん
しゃしさせさせんし
しゅんしゅんしゅしゅしゅんしゅんじゅんししゃしんばしゃばしゃぼんぬふ
ししゅんとししゅんしゅんしゅしゅん
ひんなきしゅんみんみんみんじみんしん
しゃくにさわるろくしゃくだまきにさわる

とびだすこかんはかいとそうぞう
いっしゅんひばなばちばちかやくにむせむせい
こっぱみじんじんたいひばく
おちゃのこさいさいたしさいさい
じばくほうしゃのうちらす
うんがよけりゃおだぶつだもの
しんしゅんしんじゅうしゅんじゅうしじゅうちゅうてんうちょうてん
じしんしんしんふるほうしゃのうてんき
じこぎせいこそあんぐらひょうげん
じこきせいこそまやかしきょうげん
へっへっのたしにもなんねえだ

しゅんしゅんしゅしゅしゅん
しゅしゅしゅしゅししゅん
しゅんの旬りっ舜

# 豊島

としまとよしまとよしまとしま
としまとよしまとことんよしま
中を取りもつヨバイのヨ
仲を根にもつヨヨイのヨ
とっととしまとしまえんえんえんじょう九条ネギ
あの世はどの世
どの世がこの世
この世はあの世のどん詰まり

この世は余り余りの世
夜は更けゆく余渡り上手
ヨヨと泣き伏し笑い転げる
とっとととしまウートントン
とっとととしまツントー
とっとととしまツーツートトンツートトン
とどの詰まりはふんつまり
とっとととしまとしまえん

円の切れ目はどこぞいな
角の割れ目はどこぞいな
面の継ぎ目はどこぞいな
出物失せ者腫れ物干物
煮物荒物果物鋳物
とっとととっとととしまえん

とっとしまえとしまえん
えんえんえんじょうエンドレス

島と名が付きゃほっとけぬ
捨てておけぬと痔が疼く
心情ロッパ人情八破神風船

そも　あなたは何者？
月球の人らしいね
興味はあれど関心がなし
世が世ならヨヨと突っぱねヨでつなぐ
ヨガリヨガラズヨガラセル
ヨガレバヨーデルヨガルナヨガルベヨガラセロ
ヨーガス
臍曲がりでもはた朴訥でも

下心ありあり未練タラタラ
チョンの間なれどはしたねえ

としまとよしまとよしまとしまねえ
そもあなたは何者？
名乗る程の者でねえのっしゃ
そもあなた何者？
偽の偽者
覚えていそうで鮮明に忘れている
どちらのどちら様のどちら側の心臓でしたっけ
パンクしたまま永しえに動いているのは

としましましまとしまえん
としましめしめとしまえん
とっとととしまおとしまえ

だんこんいってきせんじょうこん

としまとよしまとよしまとしまくん
くんじょうじょせんじょいふるじょうきげんごう元鬼？

# 万事豆腐

1

始まりが納豆なら
終焉は豆腐と心得べし
もし仮にも豆腐に至らざれば沈思黙考
我が身の破水を苦笑いでもするのですな

2

世知辛い世の中です
せめては滑らか大らかな豆腐の話で

盛り上げようじゃありませんか
春を鬻(ひさ)げど春待てず散りぬる乙女達

3

「豆腐百珍」と書名は極似すれど中味は非なる「豆腐百戒」という無名に近き書あり

紙の劣化具合いからして
御維新直後の刊行だろうか
単なるべからず集にはあらず
有り体に言うなら
豆腐としてためらわずやるべき
なれど安直にやってはならぬ百の戒めを
美童にもわかりやすく
人や獣をモデルに細密に描き
人倫の道を諄々諭そうとしたもの
正に天下の喜書と言いて過言であるまい

豆腐に人倫の道とは正気かね
とはいえよくぞ言ったり言わせたり

4

万事豆腐とは申せ
いささか不粋な表現お許し願えるならば
ひり出されたその始まりは
小豆でなく大豆であることお忘れなきように

5

詩書きの大勢あるいは詩読みの一部においては
〝豆腐〟がブームとなりつつある
ブームはいずれ去る
かくてはならじと
若手　中堅　重鎮の別なく　〝豆腐〟を主題とする詩を競った　書いた　発表した
朗読した　印刷した　配った　討論した　反論した　歌った
詩の専門誌も緊急増刊『総力特集「豆腐」』を出版

特別付録が〝天然にがりと国産大豆のセット〟

6

できレースの噂が絶えぬ
以下文面の如き平成版幸福の手紙なるものまであちこち出没する始末
「古来　豆腐を制する者は詩壇に君臨してまいりました
この手紙を読んでいるあなたは　それだけで立派な詩人です
そうして直ちに詩人として行動を起こさねばなりません
あなたを除く百名の詩人へ　この手紙を送るのです
文面を変えることなく手書き郵送は○　メールは×です
開封後一週間が期限です
遵守できなければ　あなたの不幸な詩人への仲間入りが約束されるだけです」
豆腐の精に背中から抱きつかれ　あとに残るは言葉の出涸らし

7

我ら絵描きも対岸の火事と悠長に構えていてよいものやら
まだ豆腐もう蒟蒻とばかり

白だ黒だと蒟蒻を描き始めた我らの仲間もチラホラいると仄聞している
より先鋭をもって任ずる前衛かぶれの連中は糸蒟に食指を動かし
更に急進的一匹狼の集う孤立派が
玉蒟素材に壮大なスケールのジャンク・アートへ挑むという

8

巷に流行るものほどきな臭い
豆腐に名を借りた巧妙なる政権批判だ
わかりやすく言うなれば　ズバリ言論テロだよ
なんとかならんか別件逮捕の道　真摯に検討してみたまえ
小事を大事に置き換え
いかにももっともらしいオフレコ発言がちびちび流出するも
流しているのは本人だ
オフレコとわざわざ断りつつ記事になったら思う壺
微罪で逮捕して長期拘留すりゃあいいんだ声と態度だけなら大臣級
汚れ役に徹する与党ベテラン議員は

大好物の麻婆豆腐をパクつきながら記者諸君をねめまわし　平然と言ってのける
豆腐というのは敵性語だな
ひょっとするとスパイ同士の暗号かも知れんぞ
軽々しく電波に乗せちゃいかん言葉だ
書いちゃいかんぞオフレコだ

キャスターは案山子でええ
権力の監視なぞ感心せんな
辛子を塗たくってその口をホッチキス止めにしてやろうか
その失言癖とやらも計算づくだ
危うくなれば即土下座
辻土下座で当選重ねた男だ
脱原発訴えるより男は黙って土下座が票になるんだな
オフレコオフレコ
わかっとるなオフレコだぞ

## 9

であるからして人生は　これ納豆に始まり豆腐に終わる　これが大事(ダイズ)なことであり
ます
数学教師は眠け覚ましの授業の枕に　いつも一席ぶつのであります
大事を大事(ダイズ)とわざとらしく訛って
よしたが利口なれど学年ピカ一物知り秀才君自然に手が　手が上がり　異をとなえ
たのです
金曜日５時限目のことでした
あのう　申し上げにくいのですが先生　それではあまりに大豆に偏向しております
教育の機会均等に反します
大豆に比すれば　いかに小さな豆とはいえ　その粒やき　声なき声にも寄り添い
小豆(アズキ)に耳傾ける余裕をもって接していただきたいのです
非合法宗教団体隠れ信者と噂される先生のあだ名は活火山　触れてはならぬ琴線に
触れるや　火男が般若に豹変
〝おみをつけで顔洗って出直せっ〟

眼鏡を半分ずり落ちさせた半べソ秀才君
廊下へ飛び出すと給食室へ一目散
匂いにつられ中味を確かめもせず
蓋を取るなり両手で掬って顔をゴシゴシ
それができたて熱々巻繊汁(けんちんじる)だったから堪らない
秀才君先生の剣幕に怯えるあまり
全く熱さを感じなかったというが
あっと言う間の火膨れ水膨れ
哀れなるかな秀才君
目鼻立ちのくっきりした御面相が
とろとろにも蕩け
夜目にもケチつけようのない
鬆(す)入りの豆腐面に

# 余は立権主義なり

（頭ん中では　これまでもこれからも　何はなくとも）
余は性根の据わった立刑主義である
立憲主義など片腹痛い
余は立刑主義である
ゴリゴリとまではいえぬ
ガリガリの立刑主義者である
言論の自由なること
余も異存はない

ガガ　余の琴線を不当にいたぶる者等は　容赦せず取り締まる
大異を捨て小同に付くを潔しとせぬ

この国で一番ピストルの弾を射つと豪語するおまわりさんを
３Ｄプリンターで大量コピー
オスプレイに分乗し現場上空へ
何はばかることなき
乱・乱・乱射
なのにどうして
ぼ・ぼ・ぼくの弾をよけられる
ぼ・ぼ・ぼくのメンツ丸潰れ
ぼ・ぼ・ぼくの眼が涙で流れ落ちそう
公務執行妨害の現行犯で逮捕する！

そうして　余党提出にかかる
いかようにも解釈可能な新憲法（草案）が放火騒ぎのどさくさまぎれを奇貨とし
着席多数をもって難なく成立した暁には
朝令暮改は世の習い
余もこれに従おう
直（なお）ちに
立刑主義と表裏一体の
立権主義へと舵をきるものとする

# 國安

大古の昔その昔その又昔のもっと昔
日出づる國の天子名乗る無粋が統べる國があってな
貴人少く気人多し
又言う痴人多く血人少しと
右へ五〇歩左へ一〇〇歩嚏(くさめ)する間に國境
なる戯れ歌これあり
箱庭のごとき小國の典型と言えよう

安い國ですどこまでも
白河以北三〇〇文よりはるかに安い
二束三文でお釣りがくる國です

さて　その日出づる國の天子とやら
何血迷うたか
山二つばかし越えた方角にあるといわれる日没する國の天子とやらへ木簡の書状送ったそうな
命には逆らえず死を覚悟
しぶしぶ出立した使者一行の
胸中をこそ慮れよ

安い國ですどこよりも
除染の背中を汚染が押す
逃げ場がなさそうでありません

なのに何から何を守ろうというのか
国民から國をでしょうか?
　笑止千万です

防大助教S氏はいつもの骨董屋でいつものようにSP盤を漁っていたところ
偶さか腐っていたダンボールの底を計ったように踏み抜き　何らかに蹴躓いた
それが日の没する國の天子が送った木簡であったというのだ
そこで同僚助教Mさんに
わかりやすい現代語訳をと依頼した
ボトル1本で快諾したMさんらっぱ飲みしながら以下のように訳した
その真贋はともかく
　余の國がかの國よりはるか高みにある証しを示そう
鼻は殺ぐこと勿れ耳をこそ殺げ
なみなみの気狂い水を満たした泥瓶を背負わせあるいはひしとかき抱かせ
使者は使者のまま死者の葬列とならぬよう配慮し

日出づる國へ丁重に送り届けよ
それが余の答礼なり

安い國です
五万年待てど四万光年暮らせど
俄愛國者が跋扈し
偽りよりたちの悪いマニュアルスローガン連呼しています

ありゃあ薪ストーブ用の木屑だとの骨董屋親父の鉄板証言も取れてるが
S氏Mさん共に本物と主張
主張はすれども実物を今すぐお見せすると掏り替えられる虞多分にあり
安全安心のため
時至れば速やかに公開を約束しますと繰り返すばかり
時はいつになったら至るものやら……

安い國です
まるでアク抜き前の蒟蒻
されど軽んぜられるな
民安からず
　せめてもそう願いたいものですな

このやうな寛容の心迸る
めでたしめでたしの大円団など
誰が望もう
鼻殺ごうが耳殺ごうがどっちみち野蛮の謗り免がれまい
さしずめ使者一行は
ベロンベロンとなるまで気狂い水の歓待を受け
挙句首を刎ねられ酢漬けの串刺し耳のみ
送還された
よくてそんなところだ

安い國です
狸一匹化けて出ぬ
百鬼の類も怯えてとんずらしたそうな
　夜尿滴らしつつ

日出づる國の天子も
日没する國の天子も
半皮剝けばいずれ劣らぬ糞契の王
天子を騙り風雅を貶めた天罰なるや
いずれの國も
幕切れはあっけなく砂上の楼閣であったとか
宜なるべし
宜なるべし

安い國です
ちょいと気を抜くと
買い叩かれる奈落の底まで
いかに汚ない手を使おうと
結果オーライ発車合法です

日出づる國があったと思しき辺り
今は人糞靄(もや)うのどかな肥溜
ぶかぶかの長靴履いた少年達がのんびり釣糸垂れている
「大物が釣れるかね?」
「たまに耳が千切れ鼻の欠けた土佐衛門を引っ掛けるだよ」

安い國です
珍にして妙なる奇天烈が縦横無尽に走っています
売りますの旗林立すれど

風がないのでぐったり
万世いっけいか
渡辺一系か
願わくばいずれかへ帰順するわけにはまいらぬか
温厚な顔しておっしゃることが酷い
靡いた方が身のため
靡いた方が御身のため
しかと申し送りましたぞ
お囃子方も駆けつけた
そっそうれそれそれそれそら
どんたくそんたくどんたくそんたく
どどんたく

# ヤポンスキーレーニン

前語り

どうせ連中は見えているふり　もしくは見て見ぬふりをするのが落ちだ。一挙手一投足がそっくりで顔だけがまるで似てないなら　尚更好都合じゃないか。つまらぬことで足がつき　報復される恐れがぐっと減る。いつか役に立つ　必ず。懇切丁重にぶちこんでおけ

何てこったい　やなこった
混じり気なしヤポンスキーなのにレーニンとは

言いえて妙
名付け親は誰そ
褒め殺しのあだ名?
真実(まこと)の我が名聞いて驚け(おのろけ)
ムッチャン陸奥人むっつり助平なるそ
顔はあくまで彫り浅く　仏頂面の典型東洋人
ヤポンスキーなのにレーニンとはこれいかに
これいかにとはこれいかに
こういう時だな
守秘義務たてにダンマリ決め込むのは

何てこった　やなこったい
ヤポンスキーなのにレーニン
チェスならビショップ抜きでも神と互角と豪語
わずかに見える部分とかろうじて見えぬ部分が

思い出し笑いを誘うほどそっくりだった
顔はさておき　うなされるほどそっくりだった
気になるならうどん粉で顔は白く塗っとけどうせばれやしない
身元引受人未定
再犯恐れ無しと言えず
たったそれだけの理由というより理屈で
出会い頭の即決裁判
かれこれたそがれ時にはぶちこまれていた別段運命論者でもあるまいし
不当逮捕と声荒らげることなく
おとなしく連行された
ただ　時間旅行を楽しんでいただけなのに

何てこったい　やなこったい
ヤポンスキーなのにレーニン
裸電球煌煌

入口は食器孔兼用
匍匐を厭わねばすぐ慣れた
壁は見かけ倒し
まるで手応えのない蒟蒻コンクリート
自傷恐れてか
押せば押すだけ苦もなく凹むが
力を抜けばあっという間に元通り
私服で本も読めた
活字が省かれた
新聞もスムースに読めた
オレの想像力を試してか
スポーツと株式と死亡記事欄のみの
それで世界の流れは過不足なく伝わった
誰か助け人が現われる
そんな雰囲気そよともなかったが

何てこった　やなこった
不意に口頭で釈放が通告された
書面が間に合わず申し訳ない
直ちに釈放するようにとの電話があったので　伝達しにまいりました
金壺眼　三段鼻所長の
相も変わらず隙のない
満面無表情が背中越し確認できた
逮捕に理由なきように釈放にも理由などなし
書面を作成し直接渡すようなヘマはしでかさぬ
握手を求めてきたが　手が拒絶した
そこで所長にお鉢が回ってきたというところか
タオルと歯ブラシとわずかばかりの賞与金を旅行カバンへ押し込み
塀外へと誘導された
やれやれ時間旅行のつづきができそうだな淡い期待は次行で一蹴される

何てこったい　やなこった
塀外に待っていたのは自由でなく
屈強な男達の騎馬
軽々と放り上げられその背に
一夜にして呼び名を変えた広場へと運ばれた
〝ヤポンスキーレーニン
聞こえるかねヤポンスキー君〟
耳鼻目塞ごうとどこかから
どこまでもお構いなしに入ってくる低周波の声だ
〝君の細胞はすべて登録済みだ
釈放は釈放でもあくまで仮の釈放だから
誤解なきように〟
声に理性が支配されかけている
そんな感覚だ

〝君は英雄だ
広場を埋め尽くし今か今かと待ち構える群集
他者を差別・中傷することのみを生きがいとしている
共存・共生とは無縁の連中へ
これから意汚ない言葉を容赦なく浴びせかける
君は壇上で威厳をもってほほえみ口パクで
時にジェスチャーたっぷり拳を突き上げてみせればよろしい
声は発するな
それはこちらで準備する
君の訛はいかにもヤポンスキーそのものだからな
連中の正義は棍棒だ
何より先に手が動く
棍棒はためにならぬ減らず口をたたかんからな
そこからなら
うっとりして見る間に顔面が紅潮するのが痛いほどわかるはずだ

連中は煽るだけ煽ってやる
そうすることによりコントロールしやすくなるのだ
同志ヤポンスキー君
石橋を叩いても渡らぬ
それが君の理性っていうやつらしい
である限りにおいては君は死から排除される
捜していたのだよ
君のように稀なる精神の所有者を
だが有害であると判断すれば
君に弁明の機会は考慮されない
その顚末は語るまでもあるまい〟

何てこったい　やなこったい
ヤポンスキーなのにレーニン
ヤポンスキーゆえにレーニン

そうかそういうことか
思想に殉じることなど馬鹿馬鹿しいが
人もうらやむ臆病者に
あれかこれかの選択の余地などなかった
絶えざる暗殺の確率に怯えながらも
いつの間にやらかむっていたハンチングを深くかむり直し
唇を動かすことなく
滑らかに呟く
呟いたつもりが
久々の解放感にはしゃいだか
喉から声が飛び出した急な吐き気に
どど怒鳴っていた
拳振り上げ
何て言うんだっけあれっ　ど忘れか？
ラジャー　了解了解合点委細承知って

## 後語り

して肝腎のレーニンとは何者そ
皆目存じ上げぬが
知ったところで何となろう
ママのお乳は生暖(あった)かいウォッカ味
生まれた日から二日酔
酔い酔い酔いの千鳥足
獄にあっても食前酒欠かさず
酔ったふり？にしては息がウォッカ臭い
人の眼盗む手ならいくらでもある
捨てる神ありゃ拾う神ありってね
何神様か存じ上げぬが
暫しの自由とやら
享受させてもらおうそ

# 生(な)る神

その気になればその樹に
神が生るという
その気になればその樹に
神は生るという
その気にならなければ
とこしえに神は生らぬという

その気になればその樹に

一夜にして神が生るという
枝も折れよとばかり
たわわにお生りになるという
強い意志というより
弱い電流に抗がいきれず

その気になればその樹に
生っているのが神と言い切れるのは
地上では嗅ぐに叶わぬ臭いにつられてだ
ありえぬ独得の形状
あってはならぬ色彩のゆえではなかろう

その気になればその樹に
抽象的に神が宿るのでなく
具体的に生るのだ

ただ　神は百倍恥ずかしがり屋なので
写真撮ろうと写らず
その神をもぎ
焼酎に漬け渋を抜き
軒に吊るす
吊柿にならい

その気になればその樹に
一夜にして神が生るという
その神を偶(たま)さか食べたからといって
神になれるわけではないが
神ならぬ身の悲しさ
品性卑しくかぶりつく
甘くはないむしろ苦い
苦いだけで毒にも薬にもならぬ

神は無精ゆえに

その気になればその樹に
神は生るという
その気にならなければ
とこしえに神は生らぬという

# ラリレオ・ラリレイ

# 豚　娘

## Ⅰ

豚で悪うござんした
でも
百頭身美人をつかまえ
撫肩おまけにベタ足の
そんじょそこらの豚娘とは
一緒くたにしないでよ
よくって

Ⅱ

いつぞやは憚りへ夢を落として
立往生
豚娘には人類滅ぼす肉喰らい
こそふさわしかろう

Ⅲ

天気の良い日はクロスして足なんか
渚まで上げるのよ
坂道下る犬よかずっと楽
愉快というより軽快ね
いらっしゃい
病気は右から移し　左で治すものよ
花の上はゲイばかり
華の下にもゲイばかり
横滑りし易いから

デーモンに気をつけて

## Ⅳ

豚娘といやあ
尻の孔と善がり声
と相場が決まっとるが
あんたは
そのいずれの水準も満たしておるかな
かろうじて

（つづく）

# マイワイ婦・マイ猥ふ

とにもかくにも子供達を二階の押入れへ
天袋でもよかったのだけど
異様な静寂を察してか　泣きじゃくる長男と次男
にビンタをくらわせ腋の下に抱き寄せたのは
さすがお姉ちゃん　毅然としたものだ
長女はドライアイなのだけど
次男など小便をタラタラちびっている
機転を利かせお姉ちゃんが長い舌でペチャペチャ舐めてやっている

さすがオレの娘だ
痒いところへ手が届く

いいかい　ここから動いちゃならんぞ
こっちから開けない限り　中へ入ってこれない
ルールだからな
身を粉にし侵入しようとすれば
即刻ルール違反だ

あとは　どうせ目を吊り上げ髪の毛が逆立つに決まってるのに　こんな日に限り髪
結へでかけたがる妻が無事もどってくれれば一安心
よもや人質とはなるまい
というのも私の妻は変装の名人だ
私も妻の本当の顔を知らないし　妻も私の顔を知らないだろう　お互い様というこ

とか
時に人間の姿をちゃっかり借りるという茶目っ気も持ち合わせている

ほうら　本格的に始まったぞ
まずは　砕けよとばかり窓ガラスをカシガシ叩き　ドアノブを引きちぎらんとガチャガチャ回し　形ばかりのインターフォンを押し続けている　シリコン壁にも体当りを試みているようだ　相手の体力を消耗させる作戦はいいね
我ながらほれぼれする
威しなんぞに屈するものかシュプレヒコールでも何でも
遠慮せずぶちかましてくれ

埒があかんとみるや
コンクリートのすき間から大音量ノイズを流し込むつもりだな
こんなこともあろうかと
子供等の鼓膜は　不敏だがていねいに破ってある

ノイズは大人でもきつい
窓から身を投げ出されちゃ元も子もなくなる
朝まで持ちこたえれば負けはないのだから
打つべき手に躊躇はなかろう

妻はまだだろうか
すでにもどってるんじゃあるまいな
お姉ちゃん　もう舐めなくてもいいよ
くすぐったがってる
お姉ちゃん　もう舐めるのは止めなさい
いやがってるだろ
そこではたと気付いた
お姉ちゃんじゃない
ヤモリのように長くて赤い舌は私の妻のものだ
お前　まさかまさか　お姉ちゃんを売ったな

そのまさかよ
自力更生はあんたの口ぐせでしょ
いつもの　貞淑毛むくじゃらの妻の声にもどっていた

# グランドマザー

おばあちゃんは一世紀近く生きた
わたしゃ無学でね
が口癖だった

私が字を書きたがっているのを知ると
枯れ枝のような腕がにゅるにゅる伸び
私の耳朶を引っ張っては　嗄(しゃが)れ声で囁いた

不敏な子だねえ　そうかいそうかい
だったら血を吐く覚悟で書くんだよ

これってトラウマになるかな?

亡くなったのは
私がジュニア・ハイスクールへ上がる少し前
父も母も
よくもまあという位の晩婚だったからだ
車座となった母方のみならず父方の親族からも詰問責めに合ったそうです

どんな奥の手使って妊んだんだ?

後年　精神に著しく変調をきたした遠因といっていいでしょう
おばあちゃんはその輪に加わらず

きちんと正座して
剛毛歯ブラシで擦りお茶で濯いだ
一度はずすと嵌めるに半日がかりの相性悪い入れ歯と部屋の片隅で格闘していたそうだけど

# Fさんの詩集

Fさんの詩集は表紙も薄っぺらだ
毎度30ページにも満たないが
行分けなしの余白なし
米粒大の鉛活字がぎっちり詰まっている
活字がかすれ読みにくいのには閉口する
多作というより乱作に近いであろう
今回は活版で刊行されるというのだから
有閑篤志家を誑(たら)し込んだか

いつもならこの上なく薄っぺらなのでいつの間にやら郵便ポストの内側に貼りついていたり　読みかけ本に栞代わりに挿まれていたり　湯舟に浮かんでいたり　背広の内ポケットに丸めてしまわれていたり　中でも冷凍庫で発見した時は解凍方法に悩んだものだ
それが
今回は重いですよと直接手渡しされた
落とされたら自分の苦悩も水の泡だからね
熟読のうえ　読了感を原稿用紙2枚にまとめられたしとの伝言が副えられていた

重いはずだ
表紙をめくると　平べったい石が嵌め込まれている
黒曜石か？ 黒味がかった灰と灰味がかった黒の縞模様
Fさんの詩集はA5判変型なので　その2／3以上4／5未満をくり抜き　平べったい石に占拠否譲った形だ

〝地球の石〟とわざわざ断っている
少しだけ読めた
何らかの集会後　寝呆けたぼくが「懐かしい地球の石……」と　ふと洩らしてしまっ
たことを聞き逃さなかったのだろう
あまり想像を働かせたくはないが
手に入れるためなら手段を選ばず　方法を厭わないだろうな
なにしろFさんは元神様だ
詳しい経緯はわからないが　引退でなく神様を捨てるとは　よほど深い事情があっ
たのだろう
普段は温厚そのものだが
ひとたび癇癪を起こすやその片鱗を遺憾なく発揮　一吹きで論外へ弾き飛ばされか
ねない

後日
工作の苦手なFさんが　本文をあらかたくり抜いてまで石を嵌め込んだ真意を尋ね

ると

君はワトソン博士に甘んじるつもりか
読みが浅すぎると一喝された
事と次第によっちゃあ絶交だとも
ワトソン博士はともかく　絶交は困る

ユーモア精神に脱帽しましたと　当たり障りのない文章で一枚はまとめた
そうだ
残った原稿用紙でFさんそっくりの神様を折ってやろう
何体も何体も折って直接手渡してやろう
祈りの言葉吐きかけながら
絶交されませんように
論外へ弾き飛ばされませんように

# 詩刑制度

わが国における刑法学の泰斗が恩讐を越え共同作業で編み出した類例なき詩刑制度

は　飛び切り寛容な私刑であります

斬詩のような野蛮極まる刑とは一線を画すどころか比較しようもないものです

数段知的数十倍優れた近代法制であります

不幸にも人によっては幸運にもかもしれません詩刑を宣告された者は　ほぼ即興で

詩を生み出し続けなければなりません

〝命惜しけりゃ義務をば果たせ〟とばかりただそれだけの刑なのです

酒好きの判認官が　なみなみ注がれた杯を高々と上げ飲み干せば　詩と認めたこととなります

判認官を唸らせる詩が生まれる限りは　刑の執行が永劫猶予されるという　すこぶる合理的制度であります

もし　高々と掲げた杯を口へ運ばずそのまま地面へ落下させようとも　杯が割れなければ痛み分け続行せよということです

割れてしまえばそれが執行止むなしの合図となります

執行官補に手を引かれ　ご多分にもれず鉞（まさかり）を担いだ盲目の執行官がのっそり現わ

れます
「待ちくたびれたぞ！」

万が一にも蟒（うわばみ）の判認官が先に酔いつぶれれば減刑もありえますが　相手は一斗樽を飲み干してから御出勤という御仁です

へたに小細工しばれようものなら　せっかくの詩刑の恩恵に浴せなくなってしまいかねません
「ちと飲みすぎ　手元が狂うたぞ！」
声にならぬ悲鳴を上げ転げ回る執行官補
執行官が目を患った原因に　二説あり
①飛び散る血しぶき拭いもせず　目を擦ったため
②詩刑を潔しとしない非政治犯の一人が舌噛み切って自死　あわてて覗き込んだ時吐いた血の唾が命中　瞼はしっかと閉じられた
いずれの説にも　執行官は加担せず

ぐびりぐびりと呷りながら　ただ一笑に
付す

# ガーネットとガーベラ

奥様を前にして何ですが
私は亡くなられた方のお相手をするのが性に合っているのです
お世話するのがたまらなく楽しいのです

あなたって正直ね
献身的に尽くされてること存じてますわよ
ご本を読んであげてるそうね

そりゃすばらしい
ガーネットの喜ぶ顔が目に浮かぶ
ご本を読んでご本を読んでとせがまれたものさ
わしは狩猟と首刎ねに忙殺され　かまってやれなかった
ガーネットとガーベラは　まるで一卵生のように仲の良い姉妹でな
一人ぼっちとなったガーベラがどうなることやら　塞ぎ込んだ挙句　後を追いはす
まいかと気が気でならなかった
そうならず済んだのは君のおかげだ
君を仲介役として　間接的ながら以前と変わらぬガーベラに会える
いかに感謝しようともし足りない

だんな様
私は執事として当然の勤めを果たしているだけでございます

どうして君は　いつもそのように謙虚でいられるのだ

どこぞの馬丁に聞かせてやりたいものだ

それでは今夜はガーネット様へ私の故郷の子守歌を　拙ない歌ですがお聞かせする
約束でございますので　これで失礼させていただきます

その子守歌とやら　わし達も聞きたいものだな

あなたっ！

わかっておるよ
ガーネットと自由に話ができる時までお預けだということは　わかっておるさ
お前が心底うらやましい
自在に往き来できるのだから
ガーネットとガーベラ
そしてわし達の間を

# マニキ・ニョッキ

「汗臭い女」は「乳臭い男」と並ぶマニキ・ニョッキ（?～一六一〇年頃）の初期傑作である

背あくまで低くやや斜視でダミ声　人見知りの激しい倹約家　へたに興奮させようものならひっくり返って泡を吹いた

終生　片田舎（故郷ポルシチ）を離れず　作業小屋の屋根裏部屋を改造し　自ら鉋をかけた粗末な食事台ですべてをまかなった

まだ明るいうちから嚙み煙草（当時タバコといえば向精神薬を指す陰語であった）
の行商人を捜し田舎道をトボトボ歩く姿をちょくちょく目撃されている
物々交換のつもりか　画き上げたばかりのテンペラ画を小脇にしっかと抱え

死の前年　食事台の裏側を細分し彫ったごとく描かれた連作「月のパジャマ　星の
ムームー」（特に題はなかったが　いつも食事を運んでいた第一発見者は　そう呼
んでいたと証言した）をもって後期代表作とするのが　研究家の間では一致した見
方となっている

遺作は「下吐を吐く自画像」
タイトルからして挑発的ではないか
実際　彼マニキ・ニョッキ（?～一六一〇年頃）は　画きかけのその絵（食事台の
上に直接食事用ナイフで抉りこみ　ところどころ絵の具を流しこむ意欲作）の上に
突っ伏していたわけだ
文字どおり2／3以上4／5未満干からびていたという嘔吐物を喉に詰まらせての

苦しむ余裕とてないあっけない窒息死であった

検死は行われなかった
それどころか
埋葬許可証の到着を待たずあわてて埋葬された
（通常の3倍深く穴を掘って）
棺の担ぎ手が足りず　半ば引き摺って運ばれたと　これだけは役場に記録が残されている

後世のへたな勘繰りに振り回されぬためであろうか
かえって　いかにも書き加えられたかのごとき疑念がわく

嘔吐物の中に　現代においてもなほ　当時と遜色なき敬虔な信徒が多いこの地方では　忌むべき・恥ずべき食物固有の強烈な臭気が　2／3以上4／5未満干からびていたにもかかわらず　作業小屋及びその周辺にこれでもかとばかり充満していた

ゆえとも伝えられている

# ラリレオ・ラリレイ

「多感な幼年期のラリレオ」

あらやだっ　この子の脳透けてるわ
お姉様の義弟もそうでしたわね
弟はね
透けてたんじゃなくひかってみえたの
水臓や腎臓それに胆嚢がよくひかってみえたのよ
ツイードの洋服越しにひかってみえたのよ
オレはここだぞっと鼓舞するようにね

ポッ　ポッ　ポッと規則正しく点滅してみえたのよ

なぜここに自分は居るのか　いつから居るのかいつまで居るのか　女達と自分とど
ういう関係なのか釈然としないまま
怒りで睨みつけるでも恥ずかしさの余り俯くでもなく
顔を真っ赤にして　女達の露骨な嬌声に　ただただ耐えていた

「少年期のラリレオの悩み」

ラリレオ・ラリレイは
そのミドルネームを捨てた
あらぬ誤解を避けるため

ラリレオという名が何に由来するものか
誕生の瞬間からその名だったのか
終生使わねばならぬ名なのか

ただ
ラリレイ家の一族は
陰謀家や吝嗇家　露出狂の類を輩出している事実のみを事務的に記しておく　ここでは

ラリレオは毛深い
それだけなら　同じ年頃の少年に比し毛深いだけなら
成長の速度で片付けられる
やっかいなのは
毛深いのが衣類で常におおわねばならぬ部分に片寄っていることだ
ほっぺたなど妙につるりとしており　顎ひげなど　まばらにも生えそうにない　緑色がかった髪はすでに退行が始まっている

普段はいやでも常におおわれていなければならぬ部分を　何かのはずみに盗み見した者は息を呑み衝撃の余り言葉とはとうていならぬそうだ
興奮がおさまって後　細君へ顚末を書き送った小まめな男がいてね　こんな書き出しで始まっている
「狼男などしっぽを巻いてスタコラ逃げ出すだろうね
君がどうしてここにと我が眼を疑った
柄にもなく
Oh！マイゴッドと思わず口走りそうになったよ……」

若き少年期のラリレオは悩む
その毛深きゆえにでなく
心根やさしきラリレオは　その固く鋭利な体毛が誤って誰かを刺し傷つけやしまいかと
そればかりをおそれ悩み抜いていた

若き少年期のラリレオは悩む
ここぞとばかり呆れるほどに
衣類ではおおいきれぬほど毛深い部分なら
衣類より大きな手で隠しとおすべきだが
少年期のラリレオの手は　水母より小さい

「青年期のラリレオ」
メリケン袋を担いだ　まだ無名の青年期のラリレオを　すれちがった男が呼び止めた

振り返ると
やはりそうだ
お前ラリレオ　ラリレオじゃないか
見事としか形容しようがない
襤褸をまとった鷲鼻の老人だ

足を少し引き摺っている
百をいくつか　越えたばかりだろうか

覚えてはいないだろうが　私は覚えているぞ
こんなに小さな頃の話だ
野菜嫌いでな　骨まで透けてみえたものだ
たくましくなられた
私がこの地を追放された日
最後に抱きしめたのがお前だ
「又、会えるよね」
震える声でそう言われた
私には答えることができなかった
だが私は還ってきたよ
こうしてここでお前と会い
これで約束を果たすことができた

突然のできごとにとまどい
口籠りながらラリレオは聞いた

私の名は知らなくてよい
聞いて反復する前に忘れる名だ
私が追放された理由も知らなくてよい
お前が憤怒にかられるだけだ

あっけにとられるラリレオを残し
いつの間に取り出したものやら
杖で空間に棲み付いた邪悪を追い払う仕草をみせながら
少し足を引き摺り
それでも足早に去って行き
二度とこの地ですれちがうことはなかった

「壮年期のタフなラリレオ」

早期

船乗りだった　外国船籍の
乗っていた身分を隠し　水夫兼火夫として
乗っていた名を偽り　火夫兼水夫として
素生がばれ　鞣し皮を縫い合わせた靴を自ら脱ぎ　荷受け人なき荷として降ろされた

又となき羅針盤（裸身番とでも書くべきだろうな）を欠き　船はどこへ向かった
向かえたどこへ
どこへも向かえなかったとも
どこぞの港へ向かうも
鯨と衝突大破し果てたとも
あらゆる可能性の進路は排除されるべきではない
とは申せ

中期

荷として降ろされたラリレオは　しばらく消息不明だったが
みるから怪しげな煎じ薬を自ら調合し　でまかせの口上で煙に巻き売り捌く行商人
として復活　財をなす
足跡はアフリカ全土に及んだ

晩期

その財もすべて飲み尽くした
ラリレオは下戸のはずだが
酒でなければ何をば飲んだか
壮年期最後の一年ですっからかん
女遊びにうつつを抜かす才もなく
男遊びにはとんと縁がなかった

「最晩年のラリレオ」

元々豊かでなかった緑色がかった頭髪も退行が進み耳から下を残すのみだ

顔の2／3以上4／5未満老人特有の浮腫が占有している
痰も唾もそこら中に吐き放題
そこだけ赤胴色の太い猪首にラリレオらしさがわずかにのぞいている
上下二本の前歯だけ残し　それすらぐらつき始めている

酸味の強い葡萄酒をらっぱ飲みしては　スープ皿に口を浸し　大好物のマカロニを
器用に挟み　真っ黒で固いパンは噛まずに飲み込む

食事の間中
　この世に神様がいねえことはわかってる
　あの世に神様がいるのなら首を洗って待っていな
呪文のようにつぶやく
食事の間中

近年　ことさら下品さに磨きをかけた生の証が高らかに　鳴った鳴った鳴った鳴った

回数だけならげっぷを凌ぐ

ラリレオさん
あなたの本名はどっちが正しいの
ラリレオなの？　ラリレイなの？
大切なことだから
しっかり答えて頂戴
ラリレオなの？　ラリレイなの？
ラリレオは黙ってうなずき
拳を突き上げた
けれど動作がどうしても半拍遅れがちだから
どっちともとれるあいまい（曖昧）なものとなった

もう一度聞きます
ラリレオさん

立ち上がらずに
聞こえないふりをせずに
ちゃんと聞いて頂戴
あなたの本名は
ラリレオなの？
ラリレイなの？
言っている意味はわかりますね
わかってるさとでも言いたげに
ラリレオは黙ってうなずき
拳を突き上げた
けれどどうしても動作が半拍遅れがちであるため
どっちともとれるあいまい（曖昧）なものとなった

腰がわずかに浮いた
ここぞとばかり

生の証が高速・連波で押し寄せた
水中で発射されたかのごとく数拍遅れ

その反動からラリレオは大きく仰け反り
椅子ごとひっくり返った
ここまでだ　ラリレオの記憶は

# 自分の懇意としている絵描き

自分の懇意としている絵描きの一人は　個展が終了するや　会場内に作品を積み上げ　焼却処分を始める

梱包し　アトリエへ後生大事に持ち帰るとか　ましてや焼却で生じた灰の売却などに　関心はなかった

過去の柵（しがらみ）との決別　一から出直すための通過儀礼とも言っていた

焼却する位なら寄贈してはどうかという申し出にも　首を縦には振らなかった

一度　火勢が強すぎ　画廊もろ共焼失してしまったことがあってね

自分の懇意としている絵描きの一人は　流石に茫然と立ち尽くしていたが　画商でもある画廊の経営者は太っ腹なのか　笑い転げるだけであった
親指を突き上げ　ウインクする始末だ
こってり油を絞られるものと覚悟していたが　警察署長の肖像画を描くという屈辱的条件を飲むことで無罪放免となった

ほどなく　友人・知人・友人の知人・知人の友人宛にもハガキが舞い込んだ
拙宅において　人体消滅の儀式を実践してご覧に入れます　小道具等に頼ることなく煙のごとく消滅してみせますよ　消失でなく消滅と銘打っている点にご注目！
というものだった　さらに続けて
物質の消滅ならひょっとして　体験済みの方もおられましょう
しかしながら今回に限っては　一方的消滅のみならず　再生をも同時に完了させようという代物であります
復活などという　半端なものじゃありませんよ
実行日は　後日日没の頃

その結末　目ん玉にとくと焼き付けられたし！

# 詩人は群れるなよ

群れるなよ詩人は
詩人は群れるなよ

あんださあ
昨日　何時何分何秒から何時何分何秒まで詩人だったの？
終日とは言わせねえから
あんださあ
本日　東経何度何分から北緯何度何分まで詩人でいるつもり？

群れるなよ詩人は
詩人は群れるなよ

あんだの詩から勇気をもらったってさ
あんだ何書いたの？どんな鼻薬かがせたの
通常の会話だったら
それで御の字だろうがねえ
まともに詩を書かずして熱く詩を語るのが
あんだ流だから
素直に侵入しおおせたとは　にわかに認め難いね
あんだの手の善意ある錯角ということもあるからさ

群れるなよ詩人は
詩人は群れるなよ

あんだもさ
朗々切々と勿体ぶって読むんでねえよ
自作だろうと他作だろうと
声に出したらそれもうあんだの詩なんだ
あんだが声に出し読んだら
突っかえようが流暢だろうが　それまでだ
それはあんだの書いた詩なんだ
惚けなさんな

群れるなよ詩人は
詩人は群れるなよ

あんださあ
まだ詩なんか書いてるの　ふりだけにしろ

いい加減足洗ったら

書いてますよ　契約ですから
補導されようと摘発されようと
縁が切れそで切れなかったってことだよね
あんださあ
詩に神とつるんで仲良く歩いてるんだって?

他に友達もいませんし

ゴリゴリの詩人としては　晩節汚すもありってこと?
踏ん切り悪すぎだよ

群れるなよ詩人は
詩人は群れるなよ

あんださあ
いつも素っ気なく否定すっけど
そこそこ信じてんじゃねえの
たましいはあっても悪くないと
その方が居心地いいかなと
いくつあっても
たましいはくさらねえだろうと

たとえくさっても　生きがいいのが
たましいなんだって
詩は理屈じゃねえんだから
こねくりまわしたって屁の一つも
生まれやしねえよ

群れるなよ詩人は
詩人は群れるなよ

あんださあ　あんだもさあ
駅の待合室で自分の乗る列車を待つ身なんだから
プラットホームは吹きっさらしだ
余興でもしねえと　間が持たねえべ
だからといって
他人の作品いじくりまわして面白いべか

自分の名がアナウンスされる
あわてて飛び乗るには及ばねえ
席が埋まるまで発車はお預けだ
同姓同名かもしれねえと躊躇していると
駅員の夏の帽子を小脇に抱えた男が

にこにこ顔で迎えに来てくれる
深々とお辞儀をし　肩を叩く
言葉は交わさぬが
和気藹藹と乗り込む
下戸ゆえ手に負えぬほど荒れる者も少なからずいるが
扱いは手慣れたものさ
すぐおとなしくなる
水分と糖分を体内に浸み込ませれば

群れるなよ詩人は
詩人は群れるなよ

あんださあ
あんださあ
今　呼ばれなかった？

けたたましいベルと　偶然か故意か重なり
聞き洩らしそうになったけど
あんただべっ？

# 寓話作家ヤンデルセン

ヤンデルセンは実在の人物であります
作中の人物ではありません
アンデルセンの母国に同じ年に生まれ　同じ月に亡くなりました
ヤンデルセンの作品としては　生中かろうじて間に合った短編集が一冊あるのみです
それすら　版を重ねることなく絶版の憂き目をみたようです
ですから　母国における認知度は　あえて申すなら低すぎる　肖像画らしきものも

残されていないし　家族の有無も死因も判然としません

それ故もあってか　アンデルセンと同一人物だろう　アンデルセンが他人名儀で書
いたものじゃないかとの疑いが　消えては浮かび
浮上しては沈澱する
どうにも評価が定まりきらない
ヤンデルセンとはそういう作家であります

にもかかわらず　わが国においては　ヤンデルセンという名の響きが琴線をくすぐ
るせいか　未訳であるにもかかわらずその短編集すら　母国におけるよりはるかに
認知度だけは高いようです

ところで　わずか30ページばかりの短編集が今だ未訳であるのは何故か
著名な翻訳家が　４年がかりの個人訳に挑むも　一端英語へ訳し直す作業が一向捗
らず

それというのも辞書にありそうでない単語
直訳するなら伏せ字だらけとなりそうな言い回しが目白押しのためらしいのですが
苦肉の策として同国出身の留学生を助手に迎えるも遅々として進まず　専門が土木
では止む無しか　本国へ逃げ帰ったそうです
理屈らしからぬ理屈を理由に

これはひょっとすると訳者個人の力量不足というより　よほど難解極まる作品にち
がいない
それなら是非共読んでみたい　四年でも五年でも待とうじゃないか　待ってやろう
じゃないか

作品への渇望が一人歩き　ヤンデルセンを途方もない高みへ　無謀にも押し上げよ
うとしている

ヤンデルセンは実在の人物であるだけに

作中の人物ではないだけに
アンデルセンの母国に同じ年に生まれ　同じ月に亡くなっただけに
寓話作家で満足か
それでよろしいか　ヤンデルセン

# 足　橋

橋桁も橋脚も欄干も数メートル置きの街灯も足で組まれた橋です
今じゃさほど珍しい光景ではありません
現に建設中の大吊り橋など　すべて人間の足のみで完成させると鼻息荒く豪語した
ものだから　話題先行お手並み拝見とばかり　その完成までの刻明な記録が　ドキュ
メンタリーとして映像に残されるはずです
昔は　といってもほんの十数年前　足が足りなくなると　苦肉の策として動植物の
足で補ったこともあったそうです
ところが人間の足との結合には拒否反応が強く　防腐処理に手間と時間をいかにか

けようと　腐るのも割れるのもすき間が生じるのも　とにかく早かった　もたなかった　もたせようがなかった

動物同士ならどうだろうと　それも同じ属を選び試してみたが　さらに脆いだけだった

基本はなりたての御遺体からの提供です
直ちに　最新防腐処理を施され　軍用ヘリで運ばれ　現場上空から落とすのです
パラシュート付きなので　ゆっくりゆっくりゆっくり落下しますゆえ御安心を
通常のヘリでは間に合わぬおそれがあるため　より新鮮な状態で運ぶためには致し方ありません

勿論　進んで自らの足を切断し　一輪車に乗せもしくは自転車の荷台に括りつけ
あるいは自身の背中に背負って持ち込む奇特な方も　けっこうおられます　血が滴るにまかせ

口コミで増えているようです
足は２本ありますからね
１本だけならむしろ歓迎すべきです

無事片足を届け　物々交換といえなくもない　計ったようにピッタリの義足が一級
義足師の手により　あっというまに嵌められます
何事もなかったかのように　颯爽歩いて　走って　一輪車を押し　自転車を漕ぎ
旧知の間柄であるかの如く晴れ晴れ連れ立って

# 詩人塚

『詩人塚』案内所というのは　こちらでしょうか
はい　看板に偽りはございません
代々塚守と案内役を兼ねております
案内料として一〇〇〇円頂戴いたします
前金となっております
行きはよいよい帰りは恐いのたとえそのままに　私ですら道に迷うことがある位で
すから　私の肩甲骨を見失わないよう　尾いてきて下さい

それにしても本日は　好天でございますなあ
たくさんの詩人がお見えになっておられますよ
いちいちお伺いしたわけじゃありませんが
わざわざこんな山奥の塚をめざし登ってこられるのですから　詩人もしくは詩人に
値する方々と考え相違ないでしょう

男の詩人さんも女の詩人さんも目的は同じようで　もくもくと小便をかけてゆかれ
ます
ある妙齢の女の詩人さんなどスカートをたくし上げ　塚に馬乗りとなられ　お転婆
な方もおられたものです　いやはや
目一杯溜め込んでおられたのでしょう　長々と放尿されました
同行された童顔の男の詩人さんなどあきれ（呆）果て　見蕩れておりました
あまりにも堂々としておられたので
みなさんすっきりしたお顔で　夢を果たせたと無邪気に喜ばれます
案内人冥利に尽きる瞬間と申せましょうか

肝心の詩人塚の由来とは　ざっと以下のごときものです
顔に白どうらん（動乱）を塗ったくり　腰に長どすぶちこんだ大勢の詩人が　三々五々ここの場所に集結し　敵・味方四分五裂状態に分かれ　無言のまま斬り合い2／3以上4／5未満の詩人が斬り死にしたと言い伝えられております
その原因　今もって謎の一言です
斬り死にした遺体を埋めたので詩人塚と呼ばれるようになったのでしょうが　掘っ返して骨がざくざく発見され　発見されたとして　それが詩人の骨であろうと推定されなければ　私の話は眉唾物です
といって　掘っ返して何も出てこなければ
これまた身も蓋もない
触らぬ神に祟りなしということでしょう

私のような門外漢には　何を好んでわざわざこんな山奥選ばずとも　名染みの純喫茶で片を付けた方がずっとてっとり早いのにという気がしてなりません

由来の説明として不十分過ぎるのは承知しております
根拠も証拠もあってないような
伝聞もいいところですが　私には調査しようがないのです
発掘権の放棄と引き換えに　ここでの生存を保証されているらしいからです
それとおぼしき資料はきれいさっぱり残されておりません
残さぬよう心掛け配慮を欠かさなかった結果です

そういえば　つげさんとおっしゃられる漫画家の方を案内したことがございます
御存知でしょうか？

「ゲンセンカン主人」の作者のつげさんでしょうかね

書き下ろしで描いてみたいという意向をもっておられたようですが　頓挫いたしました

出版社が祟りを怖れたらしいのです
詩人風情の話のどこをおそれたものやら
道は複雑多岐に枝分かれしております
若手の詩人さんの中には　いざとなったらケータイがあるからと軽く考えておられ
る方もいるようですが　どっこい圏外となっております　はい
私でさえ繰り返しになりますが　迷った揚句の立往生　足が竦んだこともあります
よ

詩人さんの小便がたくさん染みついておりますしね　月に一度清掃後の握り飯がう
まいんです　素手に石けんを塗って直接擦ります
ながめだけは格別でしょう　雲があんなに低く垂れ籠めて

では　私ヘッドフォンを掛け目をつむっておりますゆえ　御安心下さい
音を聞かれるのが恥ずかしいという無垢な詩人さんもおられますから
詩人塚は文字どおりの自然石なんですが　詩人さんのかけた小便のなせる技でしょ

うか
赤子の尻のように　つるつるすべすべ撫でがいがありますよ

ここでお話したことは　丸暗記するまで反復させられました
じいさんも親父も同じだったと思います
それこそ片言隻句に至るまで決して変えちゃならんと　戒められたものです
ですから　何故どうして本当かいと質問されても答えようがないのです

何人位の詩人が巻きこまれて血反吐を吐き
何人位の詩人がうまく立ち回って生き残ったものやら　2／3以上4／5未満とい
う以外　具体的数字はありません
それすら目撃談ではなくて　あくまで伝聞の域なのです
なにしろ　じいさんの生まれる以前の出来事ですからね
それにしても　あなたの顔と物腰が私の若い頃にそっくり　特にもそもそした話し
方なんぞが瓜二つ　一目見て私だなと直感したものの　なかなか言い出し辛かった

あなたもうすうす気付いてはいたでしょうが　切り出しにくかった

あなたは私なんです
私はあなたじゃありませんがね
あなたは私なんです
認めたくなくてもそうなんです

いよいよお出でなすったか

後継者不足でしてね　でも私の代で途絶えさせるわけにいかない　なんとしても
捜しましたよ　ここを閉め山を下りるわけにはゆきません　ひたすら待ちましたよ
あなたも塚守兼案内係となれば　詩から解放される　私も肩の荷を下ろすことができる
我が家の家訓は〝汗をかいても詩は書くな〟

どうです　名訓でしょう

さあ　遠慮せず中へ　覚えることはたくさんありますぞ
食料は豊富です　足りなくなれば誰かが補充してくれます　いつの間にやら食卓に
できたての食事が用意されているのです
台所に誰かの立っている気配は感じるが　それを確かめるのも億劫です
ただ食べればよい
そうでしょう?

さあ　そうと決まったら詩なんぞにうつつを抜かす暇はありません
覚えなけりゃならんことが山ほどあるのですから
でも　心配御無用
あなたは私なのです
私はあなたじゃありませんがね

あこがれでした
詩人の生活
生活詩人とやらは御面蒙りたいが
家訓に背いても詩が書きたくうずうずしていたのです
私はあなたじゃありませんが
あなたに成り済まし
似ても似つかぬ詩をバリバリ書き殴ってみせますよ

ここは　風のたよりさえ圏外です
渡り鳥の落とした糞で察して下さい

えー　本日は好天に恵まれ　物故詩人をはじめとする多数の関係者の皆様には　遠
路はるばるお運びいただき　恐縮至極です
例年「詩人塚」で挙行される『斬殺忌』とは　又物騒な名がつけられたものですが

その由来につきましては皆様の方が詳しいのではないでしょうか
だからといって　省略してしまったのでは式そのものが単なるセレモニーと堕してしまいます

どうか　前年と一字一句同じであるか端折っていないか　ずるしていないか聞き耳たてるのも　眠気覚ましの一興かと存じます
それでは　由来につき御説明申し上げます
えーー

# 吉田模型

吉田模型は　創立50周年の節目を迎えることとなりました
熱烈なリピーター様に支えられた超優良企業でございます
私の父の兄でもある先代社長が一代で築き上げました
経理はすべて一番下の弟であります私の父に委ねられました

プランクトンからブラックホールまで　なんでも注文に応じておりますが　得意分野は何といいましても人体模型であります
その精巧無比さにおいて他社の追随を許さず　世界中の模型マニア垂涎の的と申せ

ましょう

とりわけ脳細胞と毛細血管と目玉のリアリティーには絶対の自信をもっております
少年の目玉など実物を刳り抜き嵌めたのじゃないかとの投書（苦情ではなく絶賛の）
がしばしば寄せられる位ですから

一通毎ていねいに回答しておりますが　勿論そのようなことはありません
我が社の技術水準の高さが認められたものと解釈し　一層意を強くしております

先代社長は〝良き製品は口コミにより広まる　ただ坐して待て〟をモットーとされ
た信念の人であります

リピーター様の要求と申しますか欲求というものはエスカレートする一方でありま
して
模型の本体だけでは飽き足らず　箱の形やらデザインやら重さやら細部へわたり口

を差し挟む傾向があるようです
たしかに箱は模型に欠かせませんし　未使用のキットともなれば天井知らずの値がつくことさえありえましょう

それに応えるべく　ご覧下さい
これみよがし電球を煌煌とつけた倉庫に　うず高く積み上げられております箱は
すべて新品の空箱であります
そこで　いわゆる箱マニアの登場となります
業界内では　箱から派と箱でも派の二種に大別されております
完全予約で納期までよくて半年待ち　へたすると数年先もありえるというのが現状なのです
それじゃあそれまでのつなぎとして　まずは箱から買って　飾って眺めて楽しもうというのが箱から派
高くて模型までは手が出ない　せめて箱だけでも買って雰囲気でも味わおうというのが箱でも派

現に　箱すら１年待ちが当たり前となりつつあるようです

さて　創立51周年に向け　壮大なプロジェクトが始動されようとしています

それは　模型屋で終わりたくない先代社長の悲願でもありました
ただの模型なれどもただの模型に非ず
先代社長の口癖スローガンに
単純にそれらしくまねるだけではもの足りない
臍のゴマからＤＮＡまで
模倣し尽くした人体模型の完成であります

寸分の狂いもなく本物に似せ
ついには実物を凌駕してこそ
吉田模型の吉田模型たる由縁
吉田模型の生命線であると声

を大にしてわっわっわたわた
くしくしくしくしわたくしは
わたくしっしっしっ

蝶ネクタイから火花が飛んだ
煙がうっすら上がった
またたくまにタキシードは火の海に包まれた

又　失敗かよ
あと数行だったのに
前半は完璧だった
モーターの過熱か内臓まで黒コゲだ
興奮させると脆いな
同じ轍を踏むなといったろう

プログラムを直ちに組み直すぞ
誰か　箒と塵取り
残骸を片付けてよ

# 衆知の事実

弟アルベルトが　首の坐らぬつまりは物心つく前から過ごし　音信不通となって以
後　鍵穴ばかりが目立つ二階の離れに彼が越してきたのは　かれこれ30年ばかし前
になるでしょうか

それがこだわりなのかあくまで細い揉み上げも　ひたすら固そうな頭髪も銀灰色で
した
すでに

剃り残しの目立つしゃくれ顎よりさらに細いネクタイを結び　かなりくたびれた背広の釦をありったけ嵌めていました

荷物らしい荷物といったら　わずかに内ポケットから数本覗かせていたアルコール臭が残る歯ブラシだけでした

それが実は磨り減った絵筆であることを遺品を整理していて発見したのよ！

天候がどうあろうと　今にも底の抜けてしまいそうな（底は抜けていたかもしれません　ぎこちない歩き方でしたから）皮靴を履き　毎朝決まった時間にでかけ　毎夕決まった時刻にもどってきました

いかなる特殊な任務に従事し　収入を得ていたものやら想像もつきません

ただ　月に一度最終日曜の午前中　家賃（30年値上げも値下げもなく）をきちんと手渡してくれました

身支度を済ませると足音を忍ばせ二階へ上がり　ドアを強めにノックして受領する
のが30年変わらぬ私の役目でした

そう　そうなの彼を発見したのは私なのよ！
律儀な人でしたから　今月分の家賃に見合うお金を握りしめ　立ったまま微動だに
せぬ彼に話しかけようと試みたのは私でした

彼が越してきた時　ドアの把っ手は壊されていましたから　ノック後一呼吸おいて
慎重に回すのも私の役目だったのです

把っ手を交換いたしましょうという申し出を　彼は断ったのです　さも申し訳なさ
そうに　こうつけ加えることも忘れませんでした
このまま　このまま使用させて下さいと
それからきっちり30年

弟アルベルトがまれにみる非力だったこと
わすれずにいて頂戴

でも　死後2週間という検死結果を鵜呑みになんかとうていできっこないわ
死因の発表も曖昧なままだし

その前日の朝　くたびれきった背広に紐というよりさらに細く糸に近くなったネク
タイを締め　でかける後姿をいつものごとく見送りました私は
背が低すぎるので窓からからろうじて顔の右半分だけをはみ出し
無口な人だから振り向くことなく軽く拳を上げでかけましたいつものごとく

そう　そうなの見送ったのよ私は後姿を
寸分の狂いなく公平な事実なの
私の右眼にこれほど鮮烈に焼き付いているのですもの
彼は死んでなお十分に生きている

そうでなきゃ　おかしなことだらけ
衆知の事実よ
そう　そうなの

# 豚娘（つづき）

Ⅴ

あら　ごあいさつね
重ね重ね御苦労様だこと
豚娘なればこそ

Ⅵ

マナーには　ビンビン敏感なの

Ⅶ

こりゃあ　お見逸れお見逸れ

あなたやぶ睨みのチャンピオンだったらしいけど

Ⅷ

世紀を股いでのな

Ⅸ

節穴だらけのね

ぼくだよザインチェフ　私だ

# 献　詩

宇宙飛行士の愛娘は
のっぺりした童顔にふさわしく
楕円ののっぺりした乗物で運ばれた
まだ大層幼かったので

若草色のぼさぼさの体毛から潤沢な
若草色の体液などを惜しげもなく水平に
奔らせるのであった

# 西瓜一考

向こう岸の繁みに屈み
登山帽を斜(はす)にかむり
あのみるからうまそうな肉厚の
西瓜にかぶりついている男な
まだ生きてるかどうか
（生きとっても息しとるとは限らん）
まだ息してるかどうか
（息しとっても生きとるとは限らん）

ひとつ賭けてみようじゃねえか
汁をすすってる奴じゃねえ
蹲(うずくま)って
種を吐き出してる奴の方だ

激しい咳込みものともせず
反動から垂下する眼球押し込め押し込み
前世来の友人のごとく
私に気さくに話しかけてくる
隣の男は衣服のせいもあろうが
艶めかしく透けており
その手首の細さなど
万物をもってしても
形容するに形容し難い華奢さだ

生返事の相槌を打つだけの私の鼻面へ
真っ昼間っからどぶでもたて続け呷ったか
激しく咳込み咳込むたび
くびれのかすれた
男の胴体は拍動する
葉脈のごとく
不連続に

じゃあな
向こう岸の繁みで
西瓜にかぶりつくあの男　あの男な
その片腹にへばりつき
隙あらば横奪せんとつけ狙ってる
髪も髯も垢焼けしたあの男　あの男な

まだ生きてるかどうか
（せいぜい生き張っちょれ）
まだ息してるかどうか
（せいぜい息んちょれ）
あの男はどうなんだ
まだ生きるに値するか
もう死ぬに値しないか

垢焼けしたあの男　あの男の方な

# ラッパ吹きとラッパ拭き

ラッパ吹きはラッパを拭かぬ
ラッパ拭きはラッパを吹かぬ
ラッパ吹きは気狂(きぐる)ひだ
まごうかたなき気狂(きぐる)ひだ
誠心誠意気狂(きぐる)ひだ

ラッパ拭きは気狂(きぐる)ひだ
恐れ多くも畏くも

大喪の日にも意気ようよう（揚々）
拭くのをやめぬラッパ拭き
ラッパ吹きはラッパを拭かぬし
ラッパ拭きはラッパを吹かぬ

ラッパ吹きの先生はラッパ拭きで
ラッパ拭きの先生はラッパ吹きだ
すれ違えば黙礼位知らぬ仲じゃなし
軽く交わすが
あとは口をぐいと結んだままだ

ラッパ吹きがラッパを拭かぬのは
骨の髄までラッパ吹きだから
ラッパ拭きがラッパを吹かぬのは
誰が何と言おうとラッパ拭きだから

ラッパ拭きは気狂(きぐる)ひだ
素直にそう信じられる
言ったのは俺じゃないが
くしゃみのやうな屁に
気狂(きぐる)ひの精が宿っている
そう言ったのも勿論オレじゃないが

ラッパ吹きは気狂(きぐる)ひだ
鳴る音が気にいらぬと
ラッパを丸ごと飲み込もうとする
ラッパ拭きはガーゼでラッパを拭き
ラッパ吹きはラッパにガーゼを詰める

ラッパ吹きが気狂(きぐる)ひなのは

万に一つの狂いもなさそうだが
ではラッパ拭きはどうなのか
これが一筋縄ではゆかぬ
あたかもそうであるかの如くみせかけ
とんだ喰わせ者かも知れず
なにしろラッパ吹きの先生なのだから

ラッパ吹きが吹くのはラッパ
ラッパ拭きが拭くのはラッパ
金輪際
ラッパ吹きはラッパを拭かぬし
ラッパ拭きはラッパを吹かぬ

# 知ってるよ君のこと

知ってるよ君のこと
生殖した惑星から
いぼの直径まで
たゆまず調査・研修したからね
君のことなら君より詳しい
多少の時差はあろうとも

知ってるよ君のこと

その他大勢の詩人仲間達の間でさえ
噂にものぼらぬが
君は紛れもなき詩人だ
君の書いてきたものは詩以外の何物にも価しない
心外というならそれこそ心外
君の持ってる腹式母音はいくつ一体？

知ってるよ君のこと
爺さんの爺さんは細菌学者
いつも頭から蒸気をおっ立てていて
黒カビの生えた黒パンと
ションベン臭いしゃんぱんがあれば
ご機嫌だった
さらに遡るなら
爺さんの爺さんのじいさんは

細胞学者だった

知ってるよ君のこと
君の脳が
耐え難いほどじゃないが
樟脳臭いことを
口唇を近づけるまでもなく
照明不足のせいもままあろうが

知ってるよ君のこと
知恵をくれの少年だったってこと
彗星に殴られたのか詩人くずれと衝突したのか
鼻血をすり上げるのは毎度のことだ

知ってるよ君のこと

精悍な面構えが災いし
くさい飯を喰らうはめに陥ったのも
二度三度
さも　さもありなん
ヴァイオリンケースの中に
いつくすねたか
兄さんの左足を寝かせてちゃね

知ってるよ君のこと
青ざめてなお
尻の孔にそうするようにほっぺた膨らまし
挿管しようとするのだが
あせれば汗るほど
そりゃあ見事に萎んでゆくのだった
君の口は吸うためにしか機能しない

知ってるよ君のこと
誰にも読めない文字が書けた
誰にも書けない文字が読めた
核心を突かれると動揺し
ピカソだってこうは描けまい
左右の目玉が目まぐるしく変色するのだった

# 高名詩人

相手は高名な詩人なのだから
ぼくの主張なんか
端から退けられるに決まってる
審問に合格しなければ
たとい発表を前提とはしていなくとも
書くことを禁ずる旨のテレグラムが
先週届いたのだけれど
礼儀知らずには

いくら温厚でならしたぼくでも黙ってはいられない

一応あっさり引き下がるふりはするけど
詩界の先達とあれば
相手にとって不足はない
詩には詩で応えよです

みなで寄ってたかってぼくの脳を盗み読みしているみたいで
それを防ぐため
隠し場所としてはどこが良いだろう
古タイヤの裂けたチューブの中など
詩人なら誰でも考えつきそうだ
照合してみるまでもなく
ぼくのとそっくりの行が
ここにも　こっちにも

まるでぼくの方が盗作しているように思われてしまう
ほらね
これなんかテニヲハが逆転しているだけで
しっかり先を越されちゃってる

向こうは達筆のガリ版刷りだし
美装の表紙など手慣れたものだ
ぼくのは自筆の域をわずかに出たばかりだし
それだけでも十分不利だ

相手は高名な詩人だから
端からぼくの主張なんぞ
退けられるに決まってる
おまけに先週無言電話で知ったばかりなのだが
霊媒師免許皆伝でもあるそうだ

# われら一族

われら一族
　正常にして正常に非ず
狂人にして狂人に非ず
畜生相手にねちねち言い張るものだから
俄然話がややこしくなってくる

われら一族
　正座したまま

布団へもぐりこめば
容易に覚醒するものでない
地鳴りが轟こうと
陸地が海とすり変わろうと

われら一族
赤っ鼻で尿酸値も高い
病・変死する者などめったになく
図形の中に小屋を建て住みついている

われら一族
　飛ぶように歩き
屁と咳と空しゃっくりで　会話は成り立つ
臓器と臓器のどこかとどこかは
絶妙につながり巧妙にずれている

だからつつがなく生を享受することができる

われら一族
施しを受けようとも施しはせぬ
祈りを捧げられようと祈り返しはせぬ
いかに疎まれようと
公然教えに背くこと
われらには想像もできぬ

われら一族
何ゆえ力満つるうち
墓を掘らぬかと問われれば
黙って指を突き出す
われらが墓は中空にこそあり

われら一族
　一人の落伍者もなく
大食漢揃い
生きるため喰らうのでなく
喰うため生きるのであってみれば

われら一族
　一日の2／3以上4／5未満排泄に費す
しゃがむ者　屈む者　直立する者
拝む者　雄叫ぶ者　逆風にあおられ浴びる者　直腸が覗けるまで息む者
体内を空洞化しておくために
われら一族のわれら一族たる由縁の由来

われら一族
　二の腕を捲り上げれば

老いも若きもミミズ腫れの自傷痕
いかなる階級にも属さず
あらゆる差別の埒外にあり

われら一族
扱われぶりは牛糞馬尿以下
十巴ひとからげで市場のはずれなどに手厚く放置されている
辱しめを糧として活路を見い出すのがわれら一族
せめて
汚物並み懇ろに葬るべし　葬られるべし

われら一族
われら一族とは交わらず
われら一族はわれら一族以外の族(やから)と交接せず
そのように戒律を遵守することによってのみ

種の保存は容易であった

われら一族
長（おさ）（推定一二〇歳）の急逝に際し
とるものも取り敢えず駆けつけ
とるものも取り敢えず列に並び
へっぴり腰で屁（ひ）を放る
深々と頭を垂れ　豪然と屁を放つ
地軸を揺らすほど

われら一族
狼狽と落胆
悲しみの深さ推し計るべし
われら一族残された者の足で骨を粉々に砕き踏み潰し　残らず喰らう
われらの内での再生しかと信じ

われら一族
大仰な嘆きとは裏腹に
案ずることはない
次なる長に剛毛はりんとしてなびき
心の幾許かはためらいもなく
はや支配されつつある

# 人生の究極の目的は

「人生の究極の目的は排泄にあり」と公言しはばからなかったぼくの伯父
政敵や論客を力尽くで喝破し
ついには
雲上まで登りつめた人だ
来世を嘱望された姪が一人いたが
わずか三才で早逝した

「タマシイはいくつ?」という古歌謡集を編んでいる

ザラ紙に手書きの

ぼくはといえば
今だ生死の臍（ほぞ）も固まらぬ有り様だ

神出鬼没のゲリラ隊長として君臨し
変装の名人だったとりわけ鉱物への
ぼくの甥

それからこれは折にふれ書いていることだが
ぼくのもう一人の叔父
あけっ広げな性格で
牧師と神父を兼任していた
一日置きに
二日酔いの朝など　どっちの番だったたか

思い出せないまま
説教を始めるのだった

半陰陽のオルガン奏者だったぼくの父（パパ）
たくさんの異父母兄弟に恵まれ
鼻の上には伊達眼鏡
肩に担いでの曲弾きが売りだった
このことか目にも止まらぬとは

御飯をポロポロこぼすのが常であった
かの詩人にも匹敵しよう
電車の中で猫の前足に話しかけてはならぬ
それが遺言だった

ぼくが生まれる寸前あわてて他界した

ぼくの母（ママ）
死因は今もって伏せられたまま
ぼくとの共通点のいくつかは
逆子
ギッチョ
いかり肩

肥桶を製造販売したのは曾祖父
その肥桶でどぶろくを密造し
しこたまもうけた祖父
素面じゃどうにもだらしない人だった

## 納税詩人

詩人とは
詩を書かぬ詩人と詩を書けぬ詩人の
二種に大別できること
もはや駆け出しと呼べぬ
君なら承知のことと思う

君もいずれはどちらかにていよく分類されるだろうが
それに乗じ甘んじていてはいけないいな

詩人は詩で税を納めることも認められている
もはや中堅に位置する
君なら承知のことと思う
むしろ　これが本来の姿だろう

物納しようにも
めぼしい動産・不動産は処分済みか縁がない
それに詩人の滞納額なぞ
公にしたら驚きの微微たるものさ
そこで双方が歩み寄りうまい手を考えついた
どちらから切り出したものやら今となっては水掛論

でもね現役の詩人にとっちゃ
妙案どころか質(たち)の悪い暴言さ

たちどころに重圧がのしかかることに
はたと気付いた
でももう後の祭
手続きは変更されませんと門前払い
言い出しっぺが詩人の側でないこと
祈るのみ

どうやらどうすべきか
どうにも決めかねているようだね
だったら
権利は行使したまえ
そうして
ぼくのような納税詩人となってみたまえ

# 芭蕉の祖父の遠縁にあたるバレリーナ

芭蕉の祖父の遠縁にあたるバレリーナが　この会場へお見えになっています
椰子の実を割り生計をたてている　あちらではごく普通のチャーミングなお嬢さんです

ロイドメガネの司会者の紹介を受け　見るから難儀そうに立ち上がったのは　小山を崩したような女だった
両側から支えられ　しかも杖2本の助けがなければ　立っていることすらままならぬらしい

生来の厚化粧　それも図抜けてへたくそなせいなのか　肌が焼爛れている
こういうタイプは靴擦れにも悩まされているに違いない
若さの片鱗がどこかに残されている気もするが　じゃあどこがと言われると　どこがどうなのか具体性には乏しい
それに第一　祖父の遠縁とはいえ　芭蕉の面影とやらをどこへ求めればよいものやら

当財団の招きによりまして　72時間滞在される予定と聞いております
母国語を除き　まるで理解されません
残念なことに八方手を尽したのですが　当財団に母国語の通詞を手配する準備期間が足りませんでした

実を申しますと　芭蕉の句のいくつかを下敷きとして是非共踊ってみたい　踊らせてほしいとの強い要請があったわけですが　無念にも衣裳トランクが未着でありまして　これ又八方手を尽した結果　八方塞がりに追いこまれてしまいました

ただただ当財団の力不足を陳謝するばかりであります
芭蕉の祖父の遠縁にあたる本人は　踊れぬことに深く失望しております

失望という勿れ　明白な脂肪太りに呼吸もしんどく　ロイドメガネの言葉をうかつ
に信じるなら　芭蕉の祖父の遠縁にあたるバレリーナ（現役？）の感情の起伏から
見放され　今にも失踪しそうな顔の
どう
どう
どうしよう
どう
どう
ドアップ
ドアップル

# うんと血管を窄める

初稿

うんと血管を窄める
そうすると息が楽になるぞ
すうすう吸いっぱなしでも
はあはあ吐きっぱなしでも
一向苦にならぬ
ほらね
思いのままだ　時も忘れて

第二稿

うんと血管を窄める
するとどうだ
息がぐっと楽になる
詰まり気味の息の流れがぐぐっと加速する
ぜいぜい　ぜいぜい
満天桶を朱に染めると思いきや
さにあらず
さにさにあらずこれが
さにあらずなんだな
息苦しさから解き放たれ
無罪放免っていう寸法さ
ぜいぜい　せいぜい
ぜいぜい　せいせい

## 第三稿

うんと血管を窄める
するとどうでい
ねっとり搾り出されるのは血ではなく
詩の方っていう寸法さ
血は詩より美(うま)しされど
詩は血よりも濃しとか
いささか行儀は悪いぞ
うぷっとくる
臭いもきついむっとくる
ゴロつき詩句・死語が
爽快・下劣な音たて
陸続飛び出すぞ

念のための注記

ご覧のとおり
できの良い順に並べたわけではなく
時間の流れに沿ったものです
好きなものを選ばれたらよい
修正・削除
全否定も部分肯定も大いにありです

実は　更なる前段階いわば
○稿とでも呼ぶべきしろものがあることは
あるのですが今回は
伏せました
伏せざるをえませんでした
よろしく御寛如のほど

## 物故詩人の集会で農民詩人は……

我れと我が身
我れと我が心
の目撃者を捜せとおっしゃられる
正気でそう
抜かしておられるのか
目撃者を捜せ
とは
身の丈知らずが！

物故詩人の集会で
名にしおう農民詩人は巧みに
フラスコを振るっておりました
どんな気体が醸成されようとしているものか

漆黒に近い闇の中どうして農民詩人その人とその人であろうと認識できたものか
深い詮索
それはさておき

物故詩人の集会なるものは　たんたんとあらかじめ決められたテーマに沿うて　自
己の主張をわずかに交えながら意見を述べ合う場であろうと意識しておったのです
が　如何に自分の病魔との戦いが悽愴の極みであったかという自己弁護と病気自慢
に終始腐心するものでありました
農民詩人がその論争　むしろ争論に加わり輪の中心として他を圧することは万に一

つとしてなく　フラスコを振る手をしばし休め　やや俯いたままＣｅｌｌｏを激しく叩くまねをしながら　我れ関せじを決めこむのです
物故詩人達は　と同時に口を窄めたまま　もくもくせわしなく箸を動かし続け　こと食欲に関しては　物故前と大差なく旺盛そのもののようです

摑み合いにこそ到りませんが　中で興奮しやすい物故詩人の一群が　あわや流会をも辞さずという頃合い　そんなこととなっては次の集会が何万年後に開かれるものやら保証の限りではありません

そろそろかしわ(鶏)も鳴こうかという時分です

待ってましたとばかり　いつの時代も詩人達の周縁を友人面して排回していただけの執成役(とりなし)が　ひょいとどこからともなく現われ
私に免じ次回落着という線で如何なものでしょうと切り出すと　物故詩人達はこれ幸い無言で頷き　一人立ち　二人去りして　一人取り残された格好の農民詩人は

何事もなかったかのように　再びフラスコを盛んに振り始めるのです

# 泉は便器に非ず

泉は便器に非ず
便器は泉であろうとも
さよう　万人等しく肯定(がえん)ずる
不動の真理
よしんば便器は泉であろうとも
泉は便器に非ず
便器は泉であろうとも

この一線
越えさせちゃいけないな
越えられちゃね　あっさり
死守したいのは汚ない言葉　スラング
そうしたいのは山々さ
正論好きの灰は鼻から燃やせ
端からチャカセ
多弁な便器ならやぶさかでない
山々さ　そうしたいのは
狂うなら
正しく狂え

泉は便器に非ず
便器は泉であろうとも
泉はペンに非ず

さようしかれどペンは泉なり
臭気のごった煮
濁ってるよ清らかに
底の透けるほど
ボルトやナットを締め上げた報いさ

いじりたいよね甲状腺
いじらせたいよね副睾丸
甲状腺の腺はどちらの腺だっけ
こっちのせんだっけ
あっちのせんだっけ
腺だよ　腺
腺だろ　腺
膜じゃねえぞ

泉はペンに非ず
非ずやペンに
ペンは断然泉であろうとも
終焉の地しかと定むれば
単独で宇宙船の甲板さえ洗った
やんぬるかな
むべなるかな

泉は辺に非ず
非ずや辺に
へでもない　へ
ンでもない　ん
水源が枯れりゃ
へっ　辺境
素っ払い

水のがぶ飲みで
赤鼻の啓示
ふるへっへん
繰り返すから過ちならば
繰り返さねばなるまい怒濤の寄り身

気休めに乗ろうとしてるのは
企画倒れのＢ列車
とっくの昔
Ａ列車は脱輪しちまってる

泉は辺に非ず
非ず非ずや辺は泉に

泉は便器に非ず

非ずや便器に
便器は泉であろうとも
聞いてごらんよ
たくましく発酵する
音らしからぬ音の咆哮

無用有用　流言すべからず
泉は便器に非ず
非ずや
泉は泉にや！非ず
ゆえによって
消去に消去重ねりゃ
伏字ばかりで聞くに耐えねえ
便器は泉也
よってゆえに

ここに告知す
証明完結
受胎完了
噫！不浄！

# ぼくだよザインチェフ　私だ

ぼくだよザインチェフ
ザインチェフだよ　私だ
もっとも乾燥しきった君の記憶の中では　いかにまさぐろうと登場人物としては登
場しないがね
私だよ　ザインチェフ
私だ

私はいかにも有りそうな
それゆえいかにも無さそうな
いくつかの名を失敬し　借用し　使用してきた
何のためらいもとまどいもなく
私の本名？
私の樽漬けの記憶からは
ていよく消されているな
だから私は嘘偽りなく
ザインチェフ本人であり
ザカロフ本人であり
ソックラディス本人であり
キムキム本人であり
サトウ本人であり
ドブロフスキー本人であり
言うに事欠き

チャベンスキー本人と間違えられたことさえある
あの名　あの名だけは名乗ったことがない
あの忌まわしき名だけは

私だよ　ザインチェフ
私だ
私の細胞から澱みなく絶えず発生するカルキ臭が
抜き差しならぬ展開へ向かいつつある
暗示だよ
どちらかといえば
私は守勢に立たされている
らしくもないことに
そして打開のためには
君の助けが是でも非でも必要なこと
初めて悟ったのだ

私だよ　ザインチェフ
私だよ
呼び止めて済まない
振返らず
不意に呼び止め相済まない
本来なら正式の機関へ委ねるべきなんだろうが
場合が場合なだけに
それだけではもどかしい
すぐには内容の伊呂波も飲み込みにくかろう
君は知るまいが
いく度となく
君の脳内へズケズケ押し入り
君の危機を救ってきた
そして今の私には

君の助けがどうしても不可欠なのだ

私だよ　ザインチェフ
私だ
私の直面する危機とは
とりも直さず
君の危機であるということだ
認識したまえ
君の危機は私の危機でもあるとはいわく言いかねるが
危機の何たるかをかいつまんで説明するだけで
いたく君を困惑させる
君は困惑するだけだろう

私だよ　ザインチェフ
ザインチェフだよ　私だ

私にも抗いがたい力
愚図愚図していると
どちらかがどちらかに飲み込まれ
どちらかがどちらかを吸引する
おそれなしとは言い切れまい
飲み込まれるか
はた
吸引するか
どちらがいずれか
いずれがどちらか
君の体内からもカルキ臭がゆらりゆらゆら立ち昇りはじめてるじゃないか
肉眼でさえはっきりととらえられる
結末がどちらへどう傾こうと
同化は望むところじゃない
結末がどちらへどう揺らぎなびこうとも

私だよ　ザインチェフ
ザインチェフだよ　私だ
形ある制裁の証として
私もまだまだ厳冬のハドソン河に
プカリプカリと浮かんでいたくはないからね
射殺体か酔死体かは知らねども

私だよ　ザインチェフ
私だよ　私だよ　私だよ
ザインチェフだ　私だ

私だ　ザインチェフだ
ぼくだよ　ぼくだよ　ぼくだよ
ザインチェフだよ　私だ

# 泡・豆・粒子

泡よりこまい泡の滓です
豆よりこまい豆の滓です
粒子(つぶ)よりこまい粒子の滓でもあります
ほの暗き匂いにつられ袋の中へ棲み着いております

泡をつぶした泡の滓です
豆をつぶした豆の滓です
粒子を擂りつぶした粒子の滓でもあります

微臭につられ袋の中へ棲み着いております

漠然とした不安にかられる柄でもない
憤然として席を立つ潔さもない

泡なればこそ泡の滓です
豆なればこそ豆の滓です
粒子なればこその粒子の滓であります
ほの臭きかつ微闇にひかれ袋の中へ棲み着いております
國のためには死ねません　死にません
でもひょっとして詩のためなら……

聞き流しておきます
その言葉
御身のためになるやならずや

ばればれですぜ
週末限定詩人補の
旦那っ
愛國＜愛人

おもんぱかれよ　人の行く末
慮るな國の末路を！
なるもならぬも
旦那っ

ああそうだチャベンスキーの一件
未だ詳しく話してなかったね

# 巻頭詩

左眼はまっかっか
まっさおなのは右の眼
鼻は浮いたり沈んだり
アルミニウムに似せた耳
吹いてごらんな舌は霧
吹いてみたれば脳は泡

喉くすぐるは鶏卵か？

豈(あに)はからんや心臓ときたらば
ばたばた手動式
前へ進まにゃ後へもどれぬ

こんな生物おったとしたら
死して生存の確率は？

暗闇算で答えよ

# 昨日の晩は荒れたね

昨日の晩は荒れたね
荒れるにまかせたね
酔没したあげく
意識レベルは花に接触
西と東に裂けての
軟体着陸も覚悟した

昨日の晩は荒れたね

荒れるにまかせたね
流しの犯行に見せかけようと
手のこんだ威しの果ての
どんでん返し

あっちの戸袋こっちの天窓
君の指紋がこれみよがし
ペタペタついてたぞ
他人の指紋はすべて拭き取り
君の指紋ばかり馬鹿丁寧に
つけてまわったように

昨日の晩は荒れたね
荒れるにまかせたね
ボールにバットはかすりもしなかった

縫い目ははっきり見分けられるのに
外角へゆらゆら逃げてゆく
ボールにバットはかすりもしなかった

昨日の晩は荒れたね
荒れるにまかせたね
バットにボールはと言い変えるべきだというのが
首尾一貫した
君の主張だった
バットにボールの縫い目はと
譲れない線があるとすれば
正にこの一線であると

昨日の晩は荒れたね
荒れるにまかせたね

火星ソーダのぐい飲み位で
腰をしたたかとられ
路上にだらしなく寝そべるとは
君の酒量の程度(ほど)も割れたね

昨日の晩は荒れたね
荒れるにまかせたね
眼を光で追ったのが敗因さ
どんなに窮屈な姿勢を保ち続けざるをえなかったか
察するに余りはあるが同情しない
めっけものだよ
未だ残光を宿しているのであれば

## 外国の異教徒が書いたと言われる詩を
## 盗み読む喜びをお赦し下せえ

台所以外では読まねえです
台所以外ではめったに読まねえです
台所で読む時も残り火のそばにしゃがみ込むようにしてるだ
すぐ焼べられるように

広場で西陽を浴びながら読むこともまれにあることはあるです
台所が
大勢の貧客を招き

煮ものや汁ものの準備で大忙がしの時だ
私らは残飯を片付けるため雇われているので中に居っては邪魔になるだけだ

漆喰壁によっかかり
広場で西陽を浴びてると
ついついこらえきれずひることもあるだ
屁こき女と呼ばれても構わねえです
読めるなら構わねえです
台所以外ではめったに読まねえです

旦那様は恐ろしいお方
お気に召さぬことがあると鞭打たれるだ
奥様は輪をかけ恐ろしいお方
ささいなことで毒を盛られるだ

怪しまれてもわけねえです
こういってやるだ
踏み詩の真っ最中だと
おめえらも踏んづけてみろと
わけねえです

ながめているだけだ
文盲ではねえが読めねえです
意味もわからねえです
ただ
口から排泄された言葉の配列のなめらかな美しさに引かれ
文字に触っていると心が安らぎ
報復を忘れさせるだ

台所以外では読まねえです

台所以外では努めてめったに読まねえです

# 私は卵料理に豪腕をふるってきた牢番である

私は卵料理に豪腕をふるってきた牢番である
あまたの囚人を改宗させてきた
もっと早いとここんなうまいものに出会ってりゃ
オレの人生こんなものじゃなかった
なかでも死刑囚の末期の朝餉（あさげ）など特意中の特意
私の卵料理と相場が決まっている

私は卵料理にならら目のない裁判官である

法廷で主文を読みあげつつ
隠れてがつがつ味わう熱熱の
卵料理は絶品である
口元にべったりついた白味を大あわてで
法衣の袖で拭ったことさえも

私は卵料理に辟易している一介の弁護士である
有精卵だろうと無精卵だろうと
焼こうと蒸そうと
茹でようと生だろうと
eggman と生まれずよかった
内心心底ほっとしている

私は全鶏放し飼いの養鶏場の主人である
大きな声では言えぬが

もう鶏卵の顔を見るのもうんざりしている
去る日も来る日も三食共
卵かけ御飯だからだ
たしかにうちの卵は生みたて新鮮この上ないものと胸を張れるが

私の妻は卵料理が苦手である
縁の下へ手を伸ばし
おずおず申し訳なさそうに
土や鶏糞のこびりついたままの鶏卵を差し出されると
ついつい私の方から口走ってしまう
〝ありがとう〟
私だって筋(すじ)肉や野菜屑　豆粕といったものをたらふく食べてみたい
私は四六時中監視カメラに監視されている
鶏卵をちゃんと喫食しているかどうか

何故ならそれが
全鶏放し飼いの養鶏場主人の唯一怠ってはならぬ義務だからだ

# んではお先に

総勢何名となるのか我々は肉付きのよい列車へ乗り換えた。
もう途中下車はないな。

裁かれるためか裁くためにか　最後の最後となってもわかるまい。
車中　底抜けにお人好しの総勢何名となるのか我々の会話は弾んだ。
大仰な身振り手振りを交え。
すべて筒抜けであること百も承知のうえ　遠慮する者など一人もいなかった。
果たして不利な証言を導くか　返って有利に働くものか。

快速表示のプレートは乗り込む時チラと見えたが　時速10マイルというからノロノロ運転だ。

窓は窓枠らしきものしか残されていない。

無蓋車だから青天井。

脱出（何のため？）しようと思えば訳もない。

それこそ思う壺で首一つ突き出た薬品の森へ迷い込んだら哀れなものだ。

そうして手を下さず省きたいのだろうが　省かれてたまるものか。

裸足の売り子が何度も必死に弁当をすすめにくるが　見向きもされない。

恐ろしくまずいこと知れ渡っているからだ。

とにかく向こうへ着いたら腕の立つ通詞を雇うことだ。

蓄えはある。

期せずして総勢何名となるのか　我々全員同じ場所を指さした。

そいつが向こうで死に残れるかどうかの分岐点だ。
総勢何名となるのか我々一人ひとり髄の髄まで思い知らされている。

わからないことなど何ひとつとてない。
わかっていることとて何ひとつないことを。

# 汚物殿下

殿下が汚物殿下という何ともほほえましい愛称で呼ばれるいわれは　種々紛々　あるものの　中でそれらしいのは生み落とされてすぐ　汚物の海を所在無げに漂っていたというもの
誤って落ちたとも　巧妙に突き落とされたとも諸説あるが　私は根がそそっかしいからと言葉を濁らす
どうでもいいことでしょう

さらにそれらしいのは

2／3以上4／5未満汚物・汚水混じりの雑炊を残らず召し上がった直後
げっぷをこらえるためかナプキンで口元を拭うのももどかしげに一声
〝美味である〟とつけ加えることを忘れぬ気さくかつ謙虚な人柄であろうか

# バケツ

しばしばバケツは
獰猛な犬にたとえられる
そんなことがあるものか
あってたまるかとばかり
ためしに足元へ転がっているバケツに
ちょっかいを出した

軽く叩き強く蹴飛ばしてみた

少しだけバケツがへこんだ
吠えも唸りもせず
出し抜け
バケツが咬みついてきた
支えを失い
もろに腰からくだけた
その中へ引き摺りこもうとした

不意に背後から頑健な腕が
ぐいと伸び
私のバンドをつかむと忽ち
あっけなく引き離した
そうしておいて
バケツへ何やら囁きかけた
(脇の下へ挟みこむように私には見えた)

すると急にバケツはおとなしくなった
はたと抵抗が止んだ
再度　軽く叩き強く蹴飛ばしてもじっとしている
吠えも唸りもせず
じっと畏まっている

本来
非は私にある
私にあるのだ非は
咬み殺されて文句は言えまい
それがすんでのところ
瀕死の重傷で済んだ
私は冒瀆したのである
しばしば獰猛な犬にも例えられるバケツを

そのバケツは今や
聴導犬の模範として
マスコミを大いに賑わせている
外見はバケツのまんま
私はといえば
縁あって新聞勧誘員として働いている

時に往来ですれちがう
「第三の男」ラストシーンの再現だ
バケツどん　申し訳なか
和してなお同ぜずとやら
冷気に託したわが心情
とくと汲んで下され

わざわざの注

伸びたは誰の腕かって
そこまで書いちゃ詩になるめえ
でしょっ？

# ぼくの名はビル

ぼくの名はビル
I'm Bill
通称マス
I'm Bill
もうチェリーって柄じゃないでしょ
I'm Bill
ニックネームはホワイト
（ハダが浅黒いから　結構気に入ってるよ）

I'm Bill
おやじにはボブ
おふくろにはベンと呼ばれている
（親しみをたっぷり込めてね）
I'm Bill
じいちゃんとばあちゃんからはウォール
I'm Bill
叔父さんと叔母さんはビス
（理由がよくわからない　聞いても教えちゃくれない）
I'm Bill
仲間うちではビート
ヒートの方が通りがいいかな
どちらかといえば
I'm Bill
隣近所ではトマス

I'm Bill
ハイスクール時代ならショーベン
（とにかく背が低かった）
I'm Bill
えっ　トム？
トムって言ったの？
トムだよトムだよトムだろっ？
（今さら勘弁してくれよ）
I'm Bill

# 地面を掘る人々

地面を掘る人々に共通の言葉はない
互いが互いの手をもみしだく
少しく熱を帯びるまで
それですべて了解される

地面を掘る人々の食事は
掘りながら容易に食べられることが前提で
粗末とまではいえないが質素なものだ

今ここに
ある日のメニューを再現してみよう
干した豆　蒸した豆　炒った豆　揚げた豆
焼いた豆　煮た豆　そして生の豆それぞれ一椀
水5リットル
これで質量共十二分にして充分らしい
食べ物をめぐっては暴動が発生したという記録はない

地面を掘る人々は
自分が他人でないことを証明するため
勇ましく素手で掘り始める者もチラホラ見かけるが
大半は
グロテスクというからにはもっともらしい訳がありそうな
グロテスクな道具をそつなく使いこなして掘り進む
あたかも生を享受するかの如く

地面を掘る人々にとって死は
嘆きでも喜びでもない
ちょいとばかり長い休暇だ
息を退(ひ)いた正にそこその場所にただ残される
息を退(ひ)いた正にそこその場所にそのまんまの姿勢を保ち
火葬とも土葬ともつかぬ
雨降れば雨に晒され
日照れば日に晒される
万に一つ復活するやもしれぬ日に備え

地面を掘る人々は
もうおわかりのことと思うが
ズボンの後チャックから透明な導入管をわざわざ覗かせている
地面を掘りつつ軽快なステップ軽快に踏みながら

導入管を自在に操り　量を調節し
共同の水源へとつながっている
これならなにより清潔だ

地面を掘る人々は
代々脈々受け継がれてきた
親から子へ　子から孫へ
時には子から親へ　孫から祖父へ
びっくりするほどスムースに
そうしろとやんわり威されたわけでも
そうしなければと
グロテスクな道具を歯噛みして握りしめたわけでも
後からそっと臀部を押されたわけでもなく

# 足吊岬

（あっち）
ほれそこの輪っかに足をひっかけジャンプするだ
ここは足吊岬
首吊谷はもっともっと先の向こうだ
足は吊っても首は吊らせねえ
それが心意気ってもんだ
お客さん　わかってくんろ
そのままずり落ちることはねえ　めったに

足首が腐るまでは
落ちりゃ村一番の力自慢が大口開けて待ってるだ

（こっち）
かつて貧血戦士と揶揄された
美貌も形なし総くずれ
足元はふらつく腹はぷくぷく
その狭い輪にどの足首塡めりゃいいんだ

（あっち）
お客さん動いちゃなんねえだ
的がチョコマカ動いちゃなんねえだ
輪っかを塡めたらじっとしてるだ
すんでのところ鼻先をかすめる小細工が台無しだ
蜂の巣になりてえだか

（こっち）
私だとて命は惜しむ　惜しむが
くじに敗れ　やむなく矢印に従った
それだけだ
動いているのは私じゃない
そろそろそろそろ乗っかったとたん
そろりそろり動き出したのは
私と輪を支えるべき岩の方だ
しっかと岩を押さえさせろ
勿体ぶらず
村一番の力自慢とやらに

（あっち）
われとわが身の不幸を嘆け（リズミックにＯＫサインが出るまで繰り返す）

（こっち）
われとわが身の幸運を呪え（自嘲気味　二度繰返すのがやっと）

（あっち）（急ごしらえの足吊り岬バックコーラス隊）
いくさ太鼓打ち鳴らし
それいけそれいけドンドンドン
やれいけやれいけドンドドン
まだ生きとる者は寝っころべ
もう死んだ者こそ立ち上がれ
それいけそれいけドンドドン
やれいけやれいけドドドンドン

（こっち）
唸りあげ　鏑矢が

目先鼻面耳朶かすめ
かすめかすめて飛来する
筋骨隆隆引き絞り
にやにやくすくす狙い定めているのは
空くじ引いた同志連ではないか

（あっち）
ここは足吊岬
足は吊っても首は吊らせねえ
そいつが心意気ってもんだ
首吊りたけりゃ遠慮はいらねえ首吊り谷と
相場が決まってるだ
だけんども
ことが岩となったら話は別だ
その岩には村の御神体様が宿ってるだ

あんたは他所者
村の守り神様の怒りを鎮め村を守るのが先決じゃ
わしのにらんだところ
疫病神はあんたじゃ
御神体様にもしものことがあっては
取り返しがつかぬ

（こっち）
私を見捨て岩をとろうというのか
岩はうっちゃっても
私を
私をまず助けるべきではないのか

（あっち）
何言ってるだ

そんな選択肢万に一つの値打ちもないわね
村相撲で大関張った力持ちが
両足踏ん張り腕を天へ突き上げ大きく垂れた乳房　ふるわせ抱きかかえるだ
よもやのこともあるまいが
もしものことがあってはならぬ
そうならぬうち
足首ばっさり斬り落とす
あんた一人が耐えてくれれば
万万歳じゃ
足首一本で済むのなら不幸中の幸いというべきじゃろう
待っててくんろ
今しばし
剛力無双の樵一人そっちへ向かわせた
（こっち）（ふりしぼれど声にならず）

我ハ問ヒタシ　既ニ万策尽キタルカ
ドンデン返シノ有リヤ無シヤ

（あっち）（言下に）
nothing　nothing　nothing
and　nothing じゃ

# 死体運搬車

ぼくの今の身分は死体　それもなりかけの
死体運搬車へ乗せられ　なのに以前にも増し口が滑らかなのはどうしたことか
みなさんそうなんですよ
ああっと　あなたって看護婦さん？
申し遅れるところでしたわ
死体安置所まで御一緒させていただきます
まだまだ死体としては半人前の域ですもの
当然ですわ

こうして運搬車をゆっくり押しながらお伴させていただき　たくさんの方のお話を
伺って参りました
かえってみなさん饒舌になられますのよ
さて　ぼくの死に関する諸経費の支払いについても気がかりだが　骨がスカスカと
なるまでぼくも焼かれてしまうのだろうか
〝ほらほらこれがぼくの骨〟
という心境にはなれそうもないな　とてもとても不安だらけで

それなら心配に及びませんわ
亡くなられた方の御遺志は最大限尊重されます
どうでしょう
献体手続きをとられては
私にまかせていただければ
やがてただの灰となるよりは素敵な死後の過ごし方ですわ
献体ですか？

ええ　もう少し具体的にお話しますと
眼球から睾丸まで
汗から精液に至るまで
あなたをあなたたらしめていたもの
一切合財ですわ

事務手続きはすべてこちらがテキパキ進めさせていただきます
実は書類はすでにでき上がり　このクリアファイルに挿んでありますの
署名はもはや無理ですわね
指印を押させていただきますわ
そうなさいませ

# 御前にて

次がいよいよ私の番でありました
年がい(甲斐)もなく尻の孔が疼き　紅潮させておりました
私はまるで俄盲人のように
そろそろにじり寄り　ただただひれ伏しておりました

眼を反らさぬようにと固く言い渡されておりましたが　いざあなた様の御前へ進み
出ると　一瞬なりとも凝視する勇気　それを奮い立たせかねました
ましてや　おずおず立ち上がり御手を両手で包み握りしめることなど

あなた様は私を穴のあくほどみつめられました
私は気恥ずかしさでガタガタ震えが止まりませんでした
どうにも震えを止めようがありませんでした
喜びの余り……であったかも知れません
何かの合図もしくは呪いの一種なのでしょう
腋の下を数度強く掻毟られました
音が伝わる位激しくす早く
こぼれたものがございます
ただただひれ伏している私の眼前に

蚤や虱の死骸
そしてあなた様の大量の御垢でございました

私はたまらずそれらに異和感なく接吻を繰り返していたのでございます

あなた様の御前では身震いしながらもそれが苦もなくできたのでごぜえます
指の欠損した手が軽やかに伸び　私のやや下膨れの下顎に触れられました
あくまで軽やかに撫で上げられました

覚えているのは
屁のような間伸びした声（あたりをはばかるだけはばかられてのことでしょう）で
〝次の者を〟
とつぶやかれたこと
下顎を撫で上げられたまま

それと覚えているのは
濁酒と大蒜のごちゃ混ぜとなった
一度嗅いだら気も萎えようかという得も言われぬ御息であります

# 笊

笊を作るよう命ぜられ　男はそれに従ったまでだ
笊を作るよう命じたのだから　これは笊に違いないのだ
命じた者と命ぜられた者
従わせた者と従わざるを得なかった者

そんなものできるものかと正直高をくくっていた
雫一滴洩らさぬ笊など
だが　目論見ははずれた見事

これは笊である
形は滑稽なほど歪だが
男の腕は確かだ
いい加減ぞんざいな仕事など
やろうとしてし通せぬ性分だ

廃墟を作れと命じれば黙って引き退り
いずれおずおず差し出すであろう
まごうかたなき廃墟　廃墟と化した廃墟を

だからこれは笊だ
笊であるはずだ
笊であるべきだ
疑う余地もなく

これほど笊にふさわしい笊が
またとあろうか

## ああそうだ　チャベンスキーの一件
## 未だ詳しく話してなかったね

何からどう話せばよいものやら見当もつかんよぐちゃぐちゃで
論理的説明つまりその一本筋のとおった話にまとめ上げる自信がない
ともかく時制を度外視した断片をつまんでは積み重ねてゆくより仕方あるまい
少し強めのアルコールを呷りその勢いを借りなければ感傷に浸る余り事と次第によっては
思いっきり尿腺がゆるむかもしれん

神の領域へ素足で踏みこむ結末

誰に予想しえた！
チャベンスキー本人を含め
神の領域へ半歩踏みこむとは
くわばら
くわばら
神というのはいわばひとつの不確かな修辞
上等な比喩だからね
神の領域か
それにしても
これは私の表現じゃないな

驚いたよ
かくも長き空白が一人の凡人を
比類なきアジテーターへ仕立てようとは
失脚（否　失踪だな　君の地位はそこまでいっていない）寸前のぼんやりした8ミ

リ映像の中で
凡人の君は訴える
いつまでも
いつでも頽る快活に
フイルムが擦り切れようと
切れちまおうと
団結と規律　規律と団結
いつも同じ
同じ科白の反復
それすら時に突っかえ言い澱んだ
しどろもどろの演説下手

髪も髯もふさふさ青々
青二才これにあり！

団結と規律　規律と団結のためなら
いつでも殉ずる潔さをめぐっては
単純すぎるじゃないか
時に衝突はしたけれど
私は数目おいていたんだぞ

だからこそ驚いた
君はのっそり姿を現わしたんだ
誰やらの葬儀の真っ最中
四半世紀ぶりだろうか
死を祝福してとでも言わんばかりに
見かけは丸々肥えた三重顎のおっさんとして
上着の釦はすべて弾け飛んでいた

弁明の機会なら

くさるほどあったのに
比類なきアジテーターとして復活した
君はあくまで沈黙にこだわった
せいぜい滝壺を覗き込み
身を捩らせるふりをするのが落ちだろう
と高をくくっていたのだが
信じたくない軽やかなこなしで
われと我が身を裂き
われと我が身を躍らせる
虚にうって出ようとは
完敗だな
それともこれこそが四半世紀
君が考え抜いた末の筋書きなのか

こちらから積極的に説得にあたるべきだったな

とりわけその任にふさわしかったのは他ならぬ私だ
同じ惑星出身の
前後を割愛したこれだけじゃ
捨て科白と誤解されかねないな
〝オレは前世紀の汚物として生かされることを拒否する〟
ズシリと応えたよ
どこで股釦を掛け違えたものやら

冷静に振り返るならあれは
死へのダイブなんかじゃない
生への跳躍だ

雷に打たれんとせし者ここに眠る
と碑には刻まれているが
象蟻の大群に踏み潰されたその挙句

とでも
彼の名誉のため付け加えておくべきだろう

# 解体ダンボール

ようやく天幕の中へ踏み込めたが
作業はすでに終了していた
暗転後のわずかな残光に
あまたのぶつ切りの塊が無言で転がっている

これとて
雪崩れ込む前に撤去してしまえば
闇から闇へ葬り去られ

いかようにも口裏は合わせられた

大あわてで捌けるだけ捌いたに相違ない
切り口はいかにもがさつだ
それでいて
わずかばかりの血を流した形跡も
すばやく洗い清めた痕跡すらとどめず
皮だけ余すところなく剥かれ切っていたとは
憎悪のなれの果て
生前の姿の復元を断固嫌ってだ

なるほど
ダンボール解体と天幕一面に大書されているのだから
看板に嘘・偽りはない
嘘・偽りはなかろうが

それをそのまま鵜呑みとするほど
脳天気じゃない
威嚇のつもりか蜘蛛の巣を顔面満遍なく張りめぐらし
褌一丁の男がまばらな拍手を後押しに
のっそり現われた
へっぴり腰の冒険譚とやらを嘘実取り交ぜ
ひとくさり

さあて
御来場の皆皆様
本日は遠路はるばるお越しいただき一同感極まっております
私　一同に成り代わりまして厚く厚く御礼申し上ぐる次第であります

さてさて
御来場の皆皆様

前座のややつたない演目に引き続きましてこれより御覧いただきまするは
演者当人にとりましても二度とはお目に掛けられぬ代物ばかり

さてもさても
口上はこれ位で切り上げまして
トップバッターの私めを筆頭に
とくと御覧いただきまするよう御願い申し上げます

根の国から葉の國への抱腹絶倒逃避行は省略させていただくとしまして

一度きりですが　コレラで亡くなった象の解体を請け負ったことがあります
金に目が眩んだためではありません
単に根負けしたのです
図抜けた腕を見込んでのこと

はずめるだけ礼ははずむ　と
夢枕にまで現われたものですから
渋渋引き受けざるを得ませんでした

母船の格納庫にじっと横たわっておりましたが
腐敗臭とは一線を画す得も言われぬ消毒液の臭いが充満していました
クラクラするまで嗅ぎたくなるような臭いではありませんから
さしたる哲学の裏打ちもなく
手拭いマスクでてっとり早く片付けちまおうと
無雑作に腹を割いたのがいけませんでした
たちどころに
臍の辺りまでどっとあふれ出す糞尿のシーツ
自力で這い出すことなどとうてい無理です
ほうほうの体（てい）で引っ張り上げてもらいました

すると今度は
格納庫の隅でおとなしく成り行きを見守っていた小象
おそるおそる鼻を撫でてやると足をからませてきた小象が
予告なしに突進・体当りをしてきたのです
避けきれずよろけて裂かれるような痛みを脹ら脛に感じました
糞尿がそんなにも愛おしいか！

ここでは動作がどうしても緩慢となるため
軽傷で済みましたが
　おいおい私は敵ではないぞ
　味方でもなさそうだが

小象とはいえ怪力です
さらに反転し突進してくる気配に動転した私は反射的に……

自己の弁説に昂揚・陶酔しきったか
やおら背に背負ったペニスケースから大振りの鋸包丁を引き抜くと
母国語で何やら喚きちらし
自分の首にはっしと歯をあてがい
ガリリガリリと気持良げに挽き始めたではないか
あっけにとられる間もなく
濛々立ち込める肉屑と骨粉の
霧より深きなお深き霧とはなり果てぬ

天幕の外から洩れ聞こゆるは仕事唄
はては俗謡の類？
この緊直した場を和らげるためか
独り熱唱するは　タレ
タガタマノタメナルソ
はぁ〜挽けよ間引けよ間引けよ挽けよ孫の馬子

乗せているのはでんじ様
顔をしみじみ見上げてはこりゃ
眼が潰れるぞぉ～

はぁ～いはい

かくてててて終わりぬぬぬぬぬぬぬ
すべすべすべすべすべって

# 縫い目

ねえ、君、知ってた?
人体には縫い目ってものがあってさ
そこをハサミでちょん切ると
バラバラになっちまうんだって

ねえ、君の縫い目はどこ?

# 短い後書

まんずはァ　全体が四部構成となってるのっしゃ。
ＬＰなら三枚組。それがＣＤ一枚におさまったということなのっしゃ。
それぞれつながっているのか　独立しているのか　そこのところは微妙なのっしゃ。
「集団即狂」が最新作　以下順不動なのっしゃ。
まんずはァはァ　喉をほうじ茶で適度に湿らせ　葬式饅頭でもパクつきながら読んで（素読・黙読・音読等何でもござれだ）　笑ってみてけろ。
んでもって　おもしぇくねえならもしゃくればいいだけなのっしゃ。

（方言指導　弊社専属指導員）

# 目次

装幀・カバー写真　毛利一枝

307

佐山則夫
（さやまのりお）
1949年１月地球に生まれ現在に至る
とはいえ生まれも育ちも現住も仙台
詩集に
『イワン・イラザール・イイソレヴィッチ・ガガーリン』
『君かねウマーノフ』（いずれも之潮）
『首鎧飩』（売りものでねえのっ社・自筆出版）
がある

國（くに）安（やす）

佐山則夫の詩 3

著者佐山則夫
著作処売りものでねえのっ社
出版者芳賀啓
出版処之潮（コレジオ）
東京都国分寺市南町3-18-3-505
2016年11月15日発行
印刷富士リプロ
ISBN978-4-902695-29-8 C1092 ￥2400E 限定250部

JN172454